알바 패밀리

알바 패밀리

고은규 장편소설

차례

반품왕

내 동생 로라는 다이어트 중이다. 로라가 김이 모락모락 올라오는 닭가슴살을 결 따라 찢는다. 머리카락만큼 얇게 뜯어낸 것을 앞니로 조금씩 씹어 넘긴다. 독하다. 소금 간도 하지 않은 닭가슴살로 이 주 넘게 버티고 있다. 로라에게 고릿고릿한 닭똥 냄새가 나는 것 같다. 식탁 허공에서 로라와 내 시선이 부딪친다.

"뭘 봐, 새끼야!"

로라가 입을 비튼다. 나는 황급히 눈을 내리뜨고 탄수화물 덩어리를 입안에 퍼넣는다. 로라는 내 입을, 아니 내 입속으로 들어가는 흰밥을 징그럽다는 듯이 바라본다. 나는 로라가 촬영한 동영상 하나를 실수로 삭제했다. 로라에게 동영상이 매우 중요하다는 것을 알기 때문에 나는 참기로 한다. 살얼음판을 밟는 기분이다. 집 안 분위기가 아슬아슬해서 먼지가 되고 싶은 심정이다. 엄마까지 철수세미처럼 까칠한 얼굴을 한 채 기름이 둥둥 뜬 미역국에 밥을 말아 먹는다. 나는 엄마의 손을 노려본다.

불과 10분도 지나지 않았다. 엄마는 나더러 미역국을 먹으라고 강요했고 나는 미역국이 싫다고 말했다. 엄마는 미역국이 얼마나 몸에 좋은 줄 모르느냐고 물었고 나는 그걸 모르는 사람이 어디 있느냐고 대꾸했다. 그걸 아는 놈이 왜 미역국을 먹지 않느냐고 해서 나는 미끄덩거리는 것이 세상에서 제일 불편하다고 받아쳤다. 엄마는 말장난하면 가만두지 않겠다고 말했다.

"아, 진짜 짜증나네."

귀가 밝은 엄마는 내 혼잣말을 꼭꼭 씹었다.

"짜. 증. 나. 세. 요?"

엄마가 고무장갑을 벗어 휘둘렀다. 뺨에서 찰싹 소리가 났다. 얼떨결에 당한 일이라 저항하지 못했다. 이어 엄마는 내 정수리에 주먹을 박았다. 허공에서 고무장갑이 붉은 깃발처럼 펄럭거렸다.

"군말 말고 먹어."

"……아, 알았어요."

나는 마지못해 대답했다.

엄마는 스물두 살이나 먹은 나를 똥 누고 밑도 못 닦는 어린애처럼 대했다. 하는 일마다 못 미덥다는 표정이었다.

과격해진 엄마의 행동에 대해 조목조목 따져 묻고 싶었지만 이 또한 참기로 했다. 하긴 엄마만 탓할 순 없었다. 아버지는 반년 가까이 집에 들어오지 않고 있었다. 공장 일이 바쁘다고 했지만 알 게 뭐람. 엄마는 아버지가 집에 들어오지 않을 즈음부터 대형 마트에 나가 일을 시작했고 그 후로 부쩍 신경질이 늘었다.

미역국을 먹고 있는 엄마와 나를 물끄러미 살펴보던 로라가 자리에서 일어선다. 그러고는 거실을 가로질러 자기 방으로 들어갔다 다시 나온다.

"이거 엄마 써요. 입술 트는 것 때문에 립스틱 못 발랐잖아."

로라는 엄마 앞에 립스틱을 내놓고는 빙긋 웃어 보인다.

"비타민E하고 호호바 오일, 그리고 뭐더라? 아, 해바라기씨 오일이 첨가됐대. 그래서 보습력이 아주 훌륭해. 게다가 지속력도 좋고 발색도 끝내주고. 엄만 얼굴이 하얘서 오렌지를 발라도 오팔처럼 빛날 거야."

로라가 하는 말은 어렵다. 집중하지 않으면 발색이나 오팔이 발기나 오랄로 들릴 수 있다. 엄마는 젓가락을 내려놓고 로라가 건네는 립스틱을 받아쥔다.

"엄마! 가로로 문지르면서 바르지 마. 입술 주름을 만드는 원인이 될 수 있어. 이 제품은 콕콕 찍어 발라야 해. 엄마, 샐리 알지?"

"누구?"

엄마 얼굴에 조금씩 화색이 돈다.

"엄마가 좋아하는 제임스의 지금 부인."

"아, 그 입술 두툼한 애?"

로라가 호들갑을 떤다.

"엄마도 차암…… 두툼한 게 뭐야. 도톰한 거지. 그 입술이 얼마나 매력적인 입술인데. 샐리가 이 제품을 무지 좋아한대. 아니아니, 그렇게 막 바르지 말고, 콕콕 찍어 바르라니까."

스물한 살인 로라가 엄마만큼 나이 들어 보이는 순간이다.

"알았어. 콕콕 찍어 바를게."

엄마는 '발기력'이 좋은 '오랄색'을 정성껏 바른다. 로라가 그런 엄마를 보며 흡족한 표정을 짓는다. 엄마는 립스틱을 내려놓고 다시 젓가락질을 시작한다. 나는 젓가락의 움직임을 뚫어져라 바라본다. 젓가락에 걸린 미끄덩한 것들이 몸을 부풀리는 것 같다. 엄마의 번들거리는 입술이 점점 부푼다. 립스틱 때문일까, 미역 때문일까. 속이 미끈거린다. 나는 숟가락을 내려놓고 컵에 담긴 물을 단숨에 마신다.

로라는 '세일즈 프로모션'의 리뷰왕이다. 세일즈 프로모션은 값비싼 수입 의류나 핸드백, 지갑, 구두 등의 사용 후기를 공유하는 패션 정보 사이트다. 회원의 추천이 압도적으로 많거나 주목할 만한 상품 사용 후기라고 생각하면 회사 측에서 후기를 올린 사람에게 마일리지를 지급한다. 마일리지는 현금으로 교환할 수도 있다. 그렇게 로라는 여대생들의 평균 용돈을 웃도는 돈을 벌어왔다.

나는 세일즈 프로모션이란 회사의 정체가 궁금했다. 그래서 로라의 오빠로서, 대한민국에 하나밖에 없는 휴먼마케팅학과의 재학생으로서, 상식과 예리한 직관력을 동원해 세일즈 프로모션을 집중 분석했다.

그들은 백화점에서 파는 동일한 상품을 점찍어 보따리로 수입해왔다. 백화점 가격보다 상대적으로 저렴했기 때문에 물건은 단시간 내에 완판됐다. 그들은 스스로 국내외 유통 조직을 갖추고 있으며 무역에 정통한 전문가들이 창업한 회사라고 소개하고 있었지만 로라와 같은 리뷰어들에게 의존하는 걸로 봐서는 썩 맞는 말은 아닌 듯했다.

내 결론은 이랬다. 사이트 방문자들이 날로 늘어나고 이용자들이 올리는 동영상 자료도 점점 많아지면서 서버 증설이나 사이트 운영진의 충원이 예상된다. 그러나 물건 판매 이외에 수익 모델이 될 만한 것은 찾을 수가 없다. 추측건대 사무실 임대료나 겨우 낼 정도의 회사다. 직원들은 박봉에 시달리거나 월급을 띄엄띄엄 홀수 달이나 짝수 달에만 받는 열악한 조건하에서 근무하고 있을 가능성이 크다. 세일즈 프로모션은 로라가 생각하는 것만큼 자금력이 있는 회사가 아니라는 것!

내친김에 로라가 올린 후기들을 확인했다. 나는 많이 놀랐다. 로라의 사용 후기가 상상 이상으로 재미있었기 때문이다. 그 재기 발랄한 문장, 유머와 재치, 제품에 대한 분석력은 별 다섯 개도 모자랐다. 로라가 가진 디지털카메라의 막강한 동영상도 한몫했다. 카메라 앞에 선 로라는 톤 높은 목소리로 제품에 대해 떠들었다. 떠들었다는 말은 취소한다. 로라는 온몸으로 이야기했다. 초록색 물방울무늬가 찍힌 노란색 스타킹에 앞코가 뾰족하게 들린 보라색 구두를 신고 분홍색 줄무늬 블라우스에 파란색 미니스커트를 입은 로라는 카메라를 향해 핸드백을 흔들었다. 머리를 부풀리고 챙이 넓은 갈색 모자를 눌러쓴 로라의 머리는 얼핏 보면 사람 머리인지 사자 갈기인지 알 수가 없었다. 로라가 깡충깡충 뛰기라도 하면 크레파스 열두 색깔이 난동을 부리는 것 같았다. 로라는 사람들 이목을 끌기에 충분히 이상했다.

나는 로라가 신경증을 앓고 있는 줄 알았다. 밤마다 옷을 갈아입고 진한 화장을 하고 높은 목소리로 제품에 대해 떠들어대다가 돌연 키르륵 소리를 내며 웃었다. 꼭 혼을 도둑맞은 사람 같았다. 로라는 더 마른 몸을 갖고 싶다며 닭의 가슴살만 먹었고, 그것들을 냉장고에 꽉꽉 채워두었다. 냉장고 문을 열면 팩으로 포장된 가슴살들이 바닥으로 우르르 떨어질 때도 있었다. 도대체 몇 마리의 가슴살을 도려낸 것일까. 가슴살을 인간에게 주고 슬퍼 울었을, 아니 슬픔을 느끼기도 전에 하직했을 닭들에게 묵념을 하고 싶을 지경이었다.

어쨌거나 세일즈 프로모션은 로라가 점찍은 물건을 수입해왔고 그 물건들은 순식간에 판매되었다. 회사 입장에서는 해볼 만한 일이었다. 적당한 이윤을 남겼고 재고를 쌓아두지 않았으며 무엇보다 단기간에 물건을 팔아치웠다.

"물건을 딱 보잖아? 몸에 찌릿찌릿 전기가 와. 그럼 나도 모르게 몸을 꿈틀거리게 돼. 그리고 그 상품은 빅 히트를 치는 거지."

"몸에 전기가 온다고?"

문득 로라처럼 생긴 전기뱀장어 한 마리가 나타나 나를 향해 흐느적거리기 시작했다. 로라의 눈동자에서 강렬한 레이저가 발사되고 있었다. 나는 움찔했다. 로라의 안구 뒤쪽 후두엽 중간 지점에서 발전기가 가동되고 있을지도 몰랐다. 로라는 감전된 것처럼 경직된 얼굴로 말했다.

"논리적으로 설명하긴 곤란해. 그냥 동물적인 육감이라고 할까."

지난 명절, 세일즈 프로모션에서는 갈비 세트에 수표 몇 장을 넣어 로라 앞으로 보냈다. 이때 환호성을 지른 사람은 로라가 아니라 엄마였다. 엄마의 눈이 하트 모양으로 바뀌더니 갈비 세트를 향해 강력한 레이저 빔을 발사했다. 엄마도 발전기를 가지고 있는지 모른다.

로라의 후기에 추천을 누르는 이용자들은 그 애의 개인 홈피나 SNS를 따라다니며 글을 남겼다. 로라는 사람들에게 무엇인가를 보여주려고 부단히 노력했다. 로라의 개인 홈피 대문에는 이런 글귀가 쓰여 있었다.

리뷰왕 로라의 쇼는 계속됩니다. Don't go anywhere!

언제까지 자기 옆에 있어달라고 아양을 떠는 꼴이란!

"오빠, 마케팅 시간에 배웠니?"

로라는 오빠라고 불러놓고, '배웠니'라고 물었다. 이제는 로라의 문법이 이상하지도 않았다. 오빠 대접은커녕 나를 한참 어린 남동생 취급 했다. 그것도 이상하지 않았다. 내가 대꾸도 하지 않았는데 로라는 신이 나서 혼자 떠들었다.

"고객 무서운지 모르는 회사들 말이야. 내가 마음먹고 싸우면 걔네들도 바로 꼬랑지를 내리더라. 왜냐고? 나, 로라는 리뷰왕이니까. 당신들! 인터넷이 얼마나 무서운 곳인지 아직도 모르고 있었어? 내 리뷰가 얼마나 위력을 발휘하는지 정녕 몰랐단 말이야? 이런 분위기를 살짝 풍겨주잖아, 그럼 걔들은 그냥 바로 엎드린다고."

나는 당장이라도 숨겨둔 꼬랑지를 찾아 입에 물고 로라 앞에서 납작 엎드려야 할 것 같았다.

립스틱을 흡족하게 바라보는 엄마를 향해 로라는 백화점 로고가 찍혀 있는 박스를 흔들어 보인다.

"엄마, 오늘 마트 쉬는 날이지?"

"응. 왜?"

"열두 시쯤에 택배 아저씨 오면 이 박스 좀 전해줘."

"뭔데?"

"반품할 거!"

"넌 매일같이 뭘 그렇게 받았다 보냈다 하는 거야?"

"……."

로라는 대답 대신 입을 삐쭉거린다. 휴대폰이 울린다. 로라는 가방 속에 손을 집어넣는다. 휴대폰이 손에 잡히지 않는지 가방을 뒤집는다. 전공 서적과 노트, 필기구 몇 개와 화장품이 와글와글 소리를 내며 쏟아진다. 로라는 발신자 전화번호를 확인하고 차갑게 굳는다.

"……네, 반품하려고요."

로라에게 물건을 판 담당자가 전화를 걸어온 모양이다. 여자는 진땀을 흘리고 있을 게 뻔하다. 로라는 언제나 리뷰를 쓸 때만 물건을 활용하고 곧바로 돌려보낸다. 유통 구조의 허점을 이용해 부가 서비스만 챙기는, 기업 입장에서 보면 아주 얄미운 '체리피커'가 바로 로라다.

"가격표 뜯지 않았죠. 포장지도 그대로죠. 훼손시킨 것 하나도 없죠. 물건 받고 오 일 되는 날 반품 신청했죠. 조립 상품 아니니깐 당연히 환불해주셔야죠."

죠, 죠, 죠…… 로라의 '죠'는 총알처럼 상대에게 발사되고 있다. 로라와 말싸움을 해봤자 내가 매번 케이오 패 당하는 이유가 그 속사포 때문이다. 나처럼 느릿느릿 이야기하는 사람은 로라와 이야기하다보면 이건 말을 하고 있는 건지 말을 먹고 있는 건지 알 수 없는 상황이 된다.

로라는 냉정하게 전화를 끊고 엄마를 부른다.

"엄마, 엄마 카드 말야. 이용 한도 좀 늘리면 안 돼?"

엄마는 의심스러운 눈으로 로라를 본다.

"내 카드 한도?"

"엄마 카드는 한도가 낮아서 결제하기 어렵잖아. 백만 원만 늘려줘."

"애가 겁나게 왜 이래?"

"겁나? 내가 언제 사고 쳐서 엄마 겁나게 한 적 있어?"

엄마는 친척들이 모이면 로라를 추켜세웠다. 자기 앞가림 하나는 야무지게 잘하는 아이라고. 로라가 과연 엄마 말대로 자기 앞가림 하나는 정말 야무지게 잘하는 아이인지 나는 잘 모르겠다. 그러나 아침마다 차비를 타서 학교에 가는 나보다 자기 용

돈 이상을 벌어 쓰는 로라가 엄마 눈엔 더 귀히 보일 것이다.

엄마는 실현이익과 위험을 놓고 저울질하고 있는 듯했다. 로라가 어떤 일을 하는지 정확히는 모르지만 지난 명절 그 애 앞으로 갈비 세트와 수표가 날아오지 않았던가. 엄마의 눈빛이 잠시 흔들렸다. 그러나 우리 엄마가 누구신가.

"안 돼! 앞으로는 카드 빌려주는 일도 없을 거야."

로라는 며칠 전 세 개의 가방을 엄마 카드로 결제했다. 금색 체인이 번쩍이는 핸드백과 클러치백이라 불리는 손바닥만 한 가방, 그리고 남녀 공용으로 나온 갈색 가방이었다. 나는 로라가 없을 때 그 애 방에서 갈색 가방을 만져보았다. 연예인 J군이 CF에 들고 나와 인기몰이를 한 제품이다. 학교에서 그 가방을 메고 다니는 팔자 좋은 놈들을 보았다. 부러웠다. 가방을 가질 수만 있다면 로라의 노란색 스타킹을 신고 춤이라도 출 수 있을 것 같았다. 나는 가방을 메고 거울 앞에 서서 팔다리를 조금씩 흔들었다. 처음에는 아주 가벼운 춤이었다. 그런데 내 속에 숨어 있던 흥겨움이 순식간에 나를 불타게 했다. 나는 머리와 팔다리를 더욱 세게 흔들었다.

"어머, 미친놈!"

언제 돌아왔는지 방으로 들어온 로라가 기가 막힌다는 표정으로 말했다. 나는 가방을 꼭 끌어안으며 더듬더듬 물었다.

"진짜 멋지다. 이거 얼마냐?"

"좋은 말 할 때 내려놔."

"이거 얼만데?"

"얼만지 알아서 뭐해?"

로라는 벌게진 얼굴로 자리에서 발을 굴렀다. 내가 거울 앞에서 꿈쩍도 하지 않자 로라가 소리를 질렀다.

"내려놓으라고 했다!"

슬슬 부아가 치밀었다. 그래서 나는 일부러 더 세게 팔다리를 흔들며 춤을 추었다.

"미쳤구나. 스크래치 나면 어쩔 거야. 이거 반품할 거란 말이야. 안 내려놔? 진짜, 죽어볼래?"

로라가 악을 쓰기 시작했다. 그러고 보니 리뷰를 쓰기 시작하면서 로라는 부쩍 포악해졌다. 아무 때나 나한테 발길질을 하고 머리카락을 움켜잡았다. 로라 입에서 욕이 끓었다. 욕은 기름 국물만큼 뜨거웠다. 내가 들은 체도 안 하자 욕이 튀었다. 반사적으로 메고 있던 가방을 바닥에 힘껏 던졌다. 금속 소리가 둔탁하게 들렸다. 버클이 나무에 부딪힌 것 같은 소리였다. 별안간 기합 소리가 들렸다. 얍, 얍! 로라의 다리가 허공에서 X 자를 그었다. 앙상하기 짝이 없는 로라의 다리를 만만하게 봐선 안된다. 나는 방바닥에서 낙지처럼 꿈틀거렸다.

엄마가 카드를 흔쾌히 빌려주겠다고 하지 않자 로라는 새침한 표정을 짓는다. 로라의 휴대폰이 또다시 울린다. 로라는 전화번호를 확인하더니 미간을 좁힌다.

"……네? 말도 안 돼요. 받자마자 보냈잖아요. 좋아요, 그럼 소보원에 고발할 거예요."

드디어 로라가 사랑하는 소비자보호원이 나왔다. 로라가 가장 사랑하는 기관은 소비자보호원이고, 가장 유용하다고 믿는 법은 소비자보호법이다. 그런데 이번 판매자는 몰랑몰랑하지 않은 모양이다. 로라가 전화를 끊고 싸늘하게 굳은 얼굴로 미동도 없이 서 있다. 엄마는 조금 걱정스러운 표정으로 묻는다.

"로라야, 무슨 일이니?"

"홀로그램이 망가져서 왔대요. 웃기고 있어."

로라는 현관으로 걸어간다.

"귀찮아. 결국 환불해줄 거면서. 소보원에 또 접수해야겠네."

'또'라는 말이 허공에서 타각타각 튀었다.

로라가 나가자 집 안이 고요해진다. 그 고요를 허물며 엄마가 다가선다.

　"이거…….'

　엄마가 내 앞으로 불쑥 내민 건 터질 것 같은 종이 가방이다.

　"네 아버지한테 갖다줘. 갈아입을 옷이야."

　"오늘요?"

　"응, 오늘."

　"나, 학교 가야 돼요."

　"너, 두 시부터 수업이잖아."

　"오늘은 일찍 가서 공부 좀 하려고 했죠. 그냥 엄마가 갔다 와요. 오랜만에 아버지 얼굴도 보고."

　"공부 같은 소리 하고 자빠졌네."

　엄마가 눈을 부릅뜬다. 아까 고무장갑으로 맞은 뺨이 뜨겁게 달아오른다. 나도 모르게 종이 가방을 덥석 받아든다. 엄마는 내 눈을 뚫어질 듯 바라보며 말한다.

　"집에 안 들어오는 건 좋은데, 생활비는 꼭 보내라고 해. 집까지 잡혀 공장을 돌리면서…… 아, 말해 뭐해. 정말 잘하는 짓이다!"

　빨간 고무장갑이 눈앞에서 만국기처럼 펄럭인다. 나는 종이 가방을 들고 잽싸게 집을 나선다. 엘리베이터가 닫히기 전 엄마가 열림 버튼을 누른다. 엄마는 진돗개 세 마리가 들어가고도 남을 만한 비닐봉지를 밀어넣는다.

"이거 의류 수거함에 버리고 가."

"뭐예요?"

"로라가 내놓은 옷이야. 무슨 놈의 옷을 이리도 많이 샀다 버렸다 하는지……."

로라는 유행하는 옷을 싸게 사서 한 계절만 입고 가차 없이 버렸다. 그동안 그 애가 사들였다가 내다버린 옷과 신발은 우리 집을 채우고도 넘칠 양일 것이다. 진돗개 세 마리를 데리고 내려와 의류 수거함까지 간다. 수거함 입구에는 누군가가 버린 GAP 로고의 회색 후드 티셔츠가 구멍 밖으로 떨어질 듯 위태롭게 매달려 있다.

종점에서 내리자 황량한 공터가 나온다. 모래 바람이 불어 내 머리카락을 엉망으로 헤집어놓는다. 서부극 무대 같다. 고딕체의 밤색 글씨가 쓰여 있는 흰 간판이 다가온다.

'호두가구.'

아버지의 호두가구는 멀찍이서 봐도 더할 수 없이 우중충

하다.

아버지는 호두 껍데기처럼 단단한 가구를 만들겠다고 했다. 어느 저녁의 밥상머리에서였던 것 같다. 나는 아버지한테 시큰 둥하게 물었다. "이 세상에서 가장 단단한 게 호두 껍데긴가요? 더 단단한 것들도 많잖아요. 그리고 호두 껍데기를 부순 후에 알 맹이를 먹잖아요." 아버지는 말했다. "작정하고 부수려고 하면 망가지지 않는 건 없지. 하지만 호두 알맹이한테는 호두 껍데기 가 가장 강한 법이다. 그리고 그것을 깨뜨리기 전에는 어쨌든 알 맹이를 보호해주잖니." 나는 특색 없는 호두과자 같은 아버지의 얘기가 맛이 없어 속으로 퉤퉤 뱉었다.

지난주 마케팅 수업 시간에 기업의 정체성에 대해 배웠다. 호 두가구는 소비자한테 신뢰를 주는 회사 이미지를 심어야 한다. 그러기 위해서 회사 이름과 로고가 중요하다. 뿐만 아니라 조직 의 새로운 비전 확립과 변화하는 환경에 유연하게 적응할 수 있 는 혁신 활동도 요구된다. 그런데 아버지는 도대체 무얼 하는 사 람인가. 호두 껍데기 같은 소리나 하고 있으니 발전이 없는 게 아닌가.

날씨가 기분 나쁠 정도로 꾸물거린다. 호두가구 간판 위로 고 약하게 생긴 회색 먹구름이 뭉쳐 있다. 참, 버릇없게 생긴 구름

이다. 나는 먹구름에게 화풀이를 하고 싶어 하늘을 향해 손가락
욕을 해본다. 먹구름이 입을 씰룩거리는 것 같다.

호두가구 사옥은 컨테이너로 지은 2층 건물이다. 1층은 작업
장, 2층은 사무실이다. 건물을 둘러친 붉은 벽돌 담장 한쪽에 폐
기물로 보이는 것들이 잔뜩 쌓여 있다.

공장 앞마당으로 서둘러 들어선다. 공장은 복잡하고 어수선
하다. 안마당 가득 책장이 흩어져 있다. 그것들은 포장이 벗겨지
거나 여기저기 홈집이 나 있다.

작업장 앞에서 외국인 노동사 몇몇이 자기들끼리의 언어로
이야기를 나누고 있다. 도대체 무슨 소리를 하는지 알 수는 없지
만 즐겁거나 가벼운 내용은 아닌 게 분명하다. 그때 호두가구라
고 쓰인 고동색 회사 점퍼를 입은 남자가 내 앞으로 성큼성큼 다
가온다. 최 부장 아저씨다.

"아저씨, 안녕하셨어요?"

"로민이 오랜만이구나."

나는 아저씨에게 허리를 굽혀 인사한다. 아버지는 늘 인사의
중요성을 강조했다. 먼저 마음의 문을 여는 행동이 '인사'이며 그
것이 자신의 성공 철학이라고 말했다.

"사모님은 안녕하시냐? 로라도 잘 있고?"

심술이 덕지덕지 붙은 엄마와 발차기 전문가 로라가 눈앞에 나타난다. 나는 숨을 크게 내쉰 후 그들은 무지막지하게 잘 지내는 것 같다고 속삭이듯 이야기한다. 아저씨는 내 말 끝에 껄껄 웃다가 손가락으로 뒤편을 가리킨다.

"사장님, 저기 계신다."

하지만 그곳에는 아저씨와 똑같은 점퍼를 입은, 허리가 꾸부정하고 머리가 하얗게 센 사람이 서 있을 뿐이다.

"어디요?"

"저기 계시잖니."

나는 내 쪽을 바라보는 초로의 남자를 물끄러미 쳐다본다.

"학교 안 가고 여긴 웬일이냐?"

"……아버지."

대낮의 빛은 때때로 사물을 왜곡시킨다. 저 빛이 내 아버지까지 왜곡시키고 있는 게 분명하다. 아버지는 노인처럼 보인다. 건장한 느낌은 조금도 찾아볼 수 없다. 나는 당혹스럽다. 부서진 호두 껍데기가 다가온다. 나는 머뭇거리다 천천히 종이 가방을 건넨다.

"집에 왜 안 들어오세요?"

"공장 일이 정신이 없구나."

아버지는 종이 가방을 무심히 받아든다. 머리만 허옇게 센 줄 알았더니 수염도 허옇다. 자세히 보니 코 밖으로 삐죽 나와 있는 코털까지 허옇다. 허연 코털은 아버지를 더 늙고 더 추레하게 연출하기에 알맞은 장치로 보인다. 집에 안 와도 좋으니 생활비는 꼭 보내라던 엄마의 말을 어금니로 꽉 깨문다. 그 말이 잇새에 낀 톱밥처럼 느껴진다. 아버지는 주머니에서 담배를 꺼낸 후 라이터 불을 당긴다. 필터를 빨아들이는 아버지의 뺨이 홀쭉해지며 쭈글쭈글한 주름을 만든다. 나는 시선을 돌려 마당에 아무렇게나 놓여 있는 책상을 본다.

"저건 다 뭐예요?"

"방송 상품으로 판매됐다가 반품된 거다."

전쟁터가 따로 없다. 심각한 상처를 입은 병사들이 널브러져 있다. 공장을 나갈 때만 해도 그들은 상처 없이 건강하고 씩씩했을 것이다. 다행히 살짝 찰과상만 입은 병사들은 벽에 기대어 있다.

아버지는 서랍이 부서진 책장을 물끄러미 바라본다. 그때, 택배 트럭이 마당 안으로 들어오자 아버지가 시선을 돌린다. 트럭이 멈추고 운전석 문이 열린다. 마당으로 발이 내려온다. 두 발은 신속하게 타닥타닥 소리를 내며 뛰어가 트럭 뒷문을 연다. 최 부장 아저씨가 나른한 목소리로 말한다.

"이스랄, 가서 좀 도와줘."

남자의 고향은 서아시아 어디쯤인 듯싶다. 헐렁한 흰 셔츠를 입은 그가 택배 기사한테 헐렁헐렁 다가간다. 그는 택배 기사와 힘을 합쳐 책장을 끌어내린다. 서로 뜻이 통하지 않았는지 책장이 요란한 소리를 내며 바닥으로 떨어진다. 책장 다리가 부러진다. 놀라는 사람은 나뿐인가. 이스랄도, 택배 기사도, 최 부장아저씨도, 심지어 아버지도 동요하지 않는다. 택배 기사는 땀에 흠뻑 젖은 얼굴을 손등으로 닦으며 아버지를 향해 말한다.

"자체적으로 물건을 수거하지 그러셨어요. 비용이 만만치 않을 텐데요."

"무슨 수로 전국에 깔린 걸 수거하나."

"그렇겠군요. 아무튼 오십 개 더 남았다고 하대요."

후진하던 트럭이 책장을 밟는다. 책장 부서지는 소리가 살 아프게 들린다. 택배 기사는 못내 미안한 마음을 감추지 못한다. 아버지는 그냥 가라는 손짓을 한다. 아버지 눈치를 보던 최 부장아저씨가 입을 연다.

"사장님, 이제 공장 안에는 반품된 것들을 쌓아둘 데가 없습니다. 그렇다고 창고를 빌려 물류비를 대느니 그냥 폐기하는 게

나을 듯싶은데요."

아버지보다 아저씨 얼굴이 더 어둡다.

"저거, 누가 가져다 쓸 사람 없을까."

아버지가 혼잣말을 한다. 흡연 욕구가 맹렬하게 살아난다. 필터를 물고 라이터 불을 올린 후 힘껏 빨아들여 폐부 깊숙이까지 연기를 몰아넣었던 기억이 선명하게 떠오른다. 편도선 수술 이후 나는 담배를 피우지 않았다. 그런데 아버지를 만나자 담배 생각이 간절해진다. 나는 목쉰 소리로 담배 연기를 뿜듯 말을 뱉는다.

"버릴 거예요?"

"그래야 할 것 같다."

"판매한 회사에서는 뭐라는데요?"

문득 아버지의 얼굴에 노여운 기운이 가득 찬다. 그런데 팔짱을 낀 로라가 거드름이 묻은 목소리로 내 앞에 다가선다. 판매처는 판매만 대행하는 곳이야. 그것도 몰랐어?

나는 눈을 질끈 감아 로라의 환영을 없앤다. 아버지가 내 질문에 답을 하지 않자 지켜보던 아저씨가 대신 말한다.

"판매천지 지랄천지 그쪽에서 먼저 우리 물건을 팔아보겠다고 해서 밤새 공장 돌려 가격 맞춰 납품했더니, 경쟁 방송에서 원 플러스 원 행사를 했다는구나."

아저씨는 잔뜩 독이 오른 얼굴이다. 우유나 과자를 하나 더 주는 행사는 봤어도 책장을 하나 더 주는 행사는 처음이다. 그런 날이 올까. 자동차를 한 대 사면 자동차를 한 대 더 주고, 집을 한 채 사면 집을 한 채 더 주고, 친구를 하나 사면 친구를 하나 더 주고, 애인을 하나 사면 애인을 하나 더 주는…….

"우리 물건을 샀던 사람들이 그 행사가 있었던 걸 알고 환불 해달라고 떼를 썼나보더라. 외관으로는 우리 책장이나 그쪽 것이나 별 차이가 없어 보이거든. 인터넷 게시판이 난리가 났다는 거야."

"무슨 글이 올라왔대요?"

"환불 안 해주면 불매 운동 한다고. 호두가구 불매 운동."

아버지는 허탈한 웃음을 터뜨린다.

"원 플러스 원 행사 때문에 코딱지만 한 가구 공장 제품을 불매 운동 하겠다는 거야."

클랙슨을 울리며 택배 트럭이 마당 안으로 들어선다. 이번엔 다른 회사 차량이다. 택배 기사는 책장을 혼자서 끄집어 내린다. 둔탁한 소리가 난다. 책장의 비명일 것이다. 책장 상판이 부서져 내린다. 택배 기사는 난감해하며 부서진 책장을 세운다. 아버지는 정말 아무렇지도 않은 듯 덤덤하다.

"괜찮으니 그냥 가슈."

택배 기사는 꾸벅 인사를 해 보인 후 차에 올라탄다. 길에 나와 있던 세라뇨가구 사장이 부서진 가구들을 흘끔거리다가 아버지에게 말을 던진다.

"비가 올 것 같은데 말이야. 어찌 됐든 이 사장! 힘내야지 어떡하겠어."

아버지는 힘내라는 그 말을 듣자마자 담배를 바닥에 던진 후 발로 싹싹 비벼 불을 죽인다.

"물건이 너무 흔한 시절이 돼버렸어. 물건을 함부로 취급하는 시절이 온 거야."

아버지를 물끄러미 바라보던 최 부장 아저씨가 시를 읊듯 말한다. 아버지한테 듣기로 아저씨는 한때 시를 썼다고 한다. 나도 언젠가 아저씨 책상에서 그가 써놓은 시를 본 적이 있다. 개새끼 함부로 발로 차지 마라. 너는 누구에게 한 번이라도 뜨겁게 짖어본 적 있느냐.

"쫓겨온 내 새끼들, 상처투성이군. 책장은 나무로 만들어졌다. 책장은 나무에서부터 시작된 거야. 흙과 공기와 물과 햇빛의 도움으로 자라난 게 책장이다……."

아저씨의 웅얼거림이 이상하게 슬프게 들렸다. 로라가 최 부장 아저씨와 마주 보고 있다면 무슨 소리를 할까. 아마도 그 애의 입은 쉬지 않고 움직일 거다.

소비자가 우선이 되는 세상이 돼야죠. 책장을 한 달을 쓰건 두 달을 쓰건 써보다가 영 아니다 싶으면 환불을 요청할 수 있고, 마땅히 환불해줘야 하는 거죠. 긍정적인 자세로 반품을 인정해주는 게 선진국 제조자의 마인드라고 생각해요. 미국은 그렇거든요.

내 동생 로라는 어쩌면 미국 사람일지 모른다.

나는 시큰둥한 얼굴로 아버지에게 말한다.

"손봐서 다시 팔아요, 아버지. 폐기하긴 너무 아깝잖아요."

아버지는 마른 손바닥으로 푸석푸석한 얼굴을 문지른다.

"나갔다 들어온 건 헌 거야. 상품 가치가 없어. 가구는 특히 그렇단다. 옷이나 침구는 다시 포장해서 팔 수 있지만 가구는 달라. 한 번 나갔다 온 건 흠집이 생겨. 택배 기사들이 살살 날라다 줘도. 게다가 판다 해도 저걸 어디다 내놓고 팔 수 있겠니. 중고 가게 같은 데? 그 비용이 더 든다."

아버지는 세라뇨가구처럼 물류 창고를 가지고 있지도 않았고, 공장 부지도 넓지 않았다. 마당에 쌓여 있는 저 책장들은 어디로 사라질까. 그때 이스랄이 심각한 얼굴로 다가온다.

"사장님, 월급 많이 밀렸어요. 한 달이라도 줘요. 엄마가 아파요. 내놔요. 한 달이라도……."

아버지는 그의 등을 두드리며 곧 주겠다고 말한다. 이스랄은 아버지의 약속을 철석같이 믿는 눈치다. 조금 밝아진 얼굴로 웃어 보인다. 나는 이스랄의 눈을 본다. 그의 눈동자 안에 우울한 여인과 눈망울이 검은 작은 아이들이 앉아 있다. 나는 고개를 가로젓는다. 서부극 무대 같은 이 공장 지대에서는 환영이 쉬지 않고 피어나는 것 같다.

"사장님이 어음을 막으실 수 있을지 모르겠군……."

최 시인은 기분 나쁜 서사시를 낭송하려 든다. 슬슬 짜증이 밀려온다. 시계를 본다. 수업에 늦지 않으려면 지금 움직여도 빠듯하다. 지각과 결석을 몇 번 했더니 담당 교수는 내 어깨를 끌어안으며 말했다.

"자네, 개인에게도 브랜드 이미지라는 게 있다는 거 알지? 자네라는 브랜드에는 도무지 끌림이 없어. 싸구려 같고, 도무지 신뢰가 가질 않는단 말이야. 한 번만 더 결석하면 학점을 주지 않겠네. 알겠나? 나한테 아웃당한다는 뜻이야!"

그는 한눈에 봐도 고급스러운 양복을 차려입고 다녔지만 말을 함부로 해서 학생들뿐 아니라 동료 교수들 사이에서도 평판이 좋지 않았다. 나는 교수의 뒤통수에 대고 중얼거렸다.

"당신은 이 싸구려한테 이미 아웃당했어!"

교수를 생각하자 막막한 기분이다. 그는 내 머리칼을 움켜쥐고 세차게 빙빙 돌리다 던져버릴 수도 있을 것 같다. 나는 지구 밖으로 날아가 작열하는 어느 행성에 떨어져 파지직 소리를 내며 타 죽을지도 모른다. 살갗이 따끔거린다. 아버지의 음울한 목소리가 내 뒷덜미를 잡는다.

"최 부장, 창고에 넣을 수 있을 만큼 최대한 넣고 나머지는 폐기해. 아깝지만 어쩔 수 없지."

잔뜩 구겨져 있던 하늘이 더 낮게 내려온다. 멀리서 걸레 뭉치 같은 구름이 바람을 타고 우르르 몰려온다. 구정물이라도 쏟아낼 것 같다. 공장 안이 술렁거린다. 나는 2층 사무실로 뛰어올라간다. 지금은 싸구려가 돼도 좋겠다. 설사 싸구려가 되면 어때? 라고 생각하자 발바닥에 견고하고 탄성 좋은 스프링이 달린다. 나는 계단을 세 칸씩, 네 칸씩 오른다.

컴퓨터 앞에 앉아 인터넷 창을 띄우고 몇 개의 키워드로 검색을 한다. 손가락이 키보드 위를 빠르게 날아다닌다. 아버지가 사무실로 들어온다. 그러고는 벽 한쪽에 세워져 있는 캐비닛에서 커다란 비닐 두루마리를 꺼낸다. 아버지는 모니터 쪽을 힐끔 본후 한마디 보탠다.

"버리는 것도 만드는 것만큼 돈이 든다. 필요한 사람 있으면 가져가라고 해라."

알고 보니 내 손가락 끝에도 발전기가 숨어 있다. 손끝에 불을 밝히고 재빠르게 키보드를 두드려 정보를 찾는다. 찾아라! 비가 쏟아지기 전에 책장을 서둘러 가져갈 사람을. 나는 전화기 버튼을 누른다.

빗방울이 머리를 때린다. 창고로 들어가지 못한 가구가 비를 맞는다. 이스랄의 뺨으로 물기가 번진다. 빗물이라고 하기에는 지나치게 미끄덩거린다. 나는 세상에서 미끄덩거리는 것이 제일 싫다. 손에 잡히지 않는 것. 내 손 밖으로 달아나 그들은 멀리서 나를 조롱하곤 한다.

이스랄에게 주었던 시선을 아버지에게로 옮긴다. 아버지는 사무실 캐비닛에서 꺼낸 비닐을 쓰러져 있는 책장 위에 덮는다. 호두가구가 볼품없이 젖어들고 있다. 호두 껍데기는 알맹이를 보호하고 있는가. 공장 사람들은 멍한 얼굴로 아버지만 바라본다. 아버지는 고용인을 보호하고 있는가. 비가 거세지자 양철 슬레이트 지붕 위를 개나 고양이 같은 네발 달린 것들이 떼를 지어 뛰어다니는 것 같다. 멍하게 있던 최 부장 아저씨가 그제야 정신이 든다는 듯 빗속으로 뛰어든다. 그는 아버지처럼 책장에 비닐을 덮는다. 빗방울이 공장 마당에서 물보라를 일으킨다. 눈 앞이 흐리다.

클랙슨 소리가 들린다. 공장 안으로 트럭이 들어선다. 빗속에서 몸을 움직이던 공장 사람들은 손을 멈추고 트럭을 본다. 트럭은 세 블록 건너에 있는 교회 차량이다. 나는 그들이 복지센터를 건립하고 어린이들을 위해 도서관을 준비 중이란 걸 인터넷에서 찾았다. 트럭에서 내린 남자는 무섭게 쏟아지는 비 때문에 난감한 얼굴이다. 그러나 아버지는 비닐 두루마리를 내보이며 걱정 없다는 표정을 짓는다. 공장 사람들도 덩달아 태평한 얼굴이다. 돈 주고 파는 것도 아닌데 그들은 왠지 신명이 난 듯하다. 나는 저들의 정체를 의심하지 않을 수 없다. 저들은 호두 껍데기인가. 호두 알맹이인가.

"이래 보여도 튼튼하게 잘 만든 책장입니다. 하하하!"

아버지가 튀어오르는 물방울처럼 생기 넘치는 목소리로 웃는다.

"감사히 잘 쓰겠습니다."

그들은 책장이 비에 덜 젖게 하려고 비닐을 깔고, 트럭에 책장을 올려주고, 다시 비닐을 치고, 끈으로 묶어 포장한다. 팔짱을 끼고 섰다가 나도 모르게 빗속으로 한 발 내민다. 내 어설픈 손이 비닐을 활짝 펼친다.

버스에서 내리자 엄마가 일하는 대형 마트가 보인다. 7층 지상 주차장을 향해 자동차 불빛이 꼬리를 물고 전진한다. 저 마트 안에는 몇 대의 자동차가 있을까. 얼마나 많은 사람이 쇼핑을 하고 있을까. 사람들은 오징어 다리에 달라붙은 개미처럼 비글거리고 있을 것이다. 엄마 얼굴이 떠오른다. 엄마는 마트에서 일하면서부터 자주 몸이 아프다고 호소했다. 오징어 다리와 개미 떼 사이에서 자기 자리를 지키느라 힘들었을 것이다. 하지만 엄마가 정작 힘들어했던 것은 서비스 정신이 부족하다고 지적받는 일이었다. 고객과 마찰이 생길 때마다 그들은 고객만족센터에 불만을 접수했다. 로라보다 겨우 서너 살밖에 많지 않은 여자애한테 엄마는 허리를 굽히고 사과했다.

엄마는 지금 일하는 곳에서 쇼핑을 해왔다. 차를 몰고 가서 원 플러스 원 행사 상품을 카트 안에 꽉꽉 채워넣던 소비자였다. 엄마는 트렁크와 뒷좌석까지 가득 차게 물건을 사와 거실 바닥에 늘어놓고 사은품으로 받은 프라이팬과 미니 담요를 보며 흐뭇해했다.

엄마는 가격에 민감했고 옆 마트보다 가격이 비싸면 거침없이 항의했다. 조금이라도 불친절한 태도를 보이는 계산원은 명찰에 붙은 이름을 기억해뒀다가 고객만족센터에 일렀다. 그때까지만 해도 엄마는 자신이 마트에서 일을 하게 될 줄 상상도 못했을 것이다. 아버지의 얼굴이 떠오른다. 오늘 밤, 아버지는 공장 한 켠 긴 의자 위에 몸을 누이고 어떤 자세로 잠을 잘까.

비에 젖은 몸에서 열이 오른다. 몸이 떨리고 현기증이 난다. 현관문을 열고 마지막 힘을 내서 한 발자국을 내딛는다. 홈으로 쇄도하는 야구 선수처럼 거실 바닥에 배를 깔고 미끄러진다. 엄마가 거실에 앉아 벌겋게 달아오른 얼굴로 소리치는 것 같다. 아웃! 그러나 정작 비명을 지른 것은 로라다.

"억울해!"

로라의 앙칼진 목소리가 귀를 찌른다. 나는 신발을 벗고 엄마 옆으로 비실비실 걸어간다. 종이를 들고 있는 엄마의 손이 부들부들 떨린다. 내용증명이다. 냉정한 문장들이 로라를 욕하고 있다.

로라의 상습적 반품 행위가 사백 건이 넘었고, 사백 건에 해당하는 물품 비용은 이억 원에 달하며, 재판매가 불가능한 상품도 상당수에 이른다는 것이다. 이에 다섯 개의 백화점 담당자들은 로라와 같이 구매와 반품을 상습적으로 반복하는 반품자들의 리스트를 공유하게 되었으며, 특히 로라의 경우 구매 의사가 전혀 없음에도 제품을 사용한 후 세일즈 프로모션에 사용 후기만 올리고 반품해온 전력으로 인해 앞으로 로라의 구매 행위는 불가능하고 가족이나 타인의 주민등록번호를 이용해 또다시 이러한 상습적 반품 행위를 반복할 경우 민사 책임도 감수해야 할 거라고 했다. 또한 최근 구매한 세 개의 가방에 대해서는 환불을 거부하며, 이 모든 것은 소비자보호법에 의거한다고 밝혔다. 환불 거부 사유는 '홀로그램 파손 및 제품 사용으로 인한 생활 스크래치'였다.

소비자보호법이 로라를 배신했나. 엄마 옆에 가방이 세 개 놓여 있다. 반품했던 상품들이 다시 돌아온 것이다. 내가 탐을 냈던 갈색 가방을 힐끔 바라본다. 홀로그램이 파손됐다고? 가방 표면에서 흐르는 윤기가 뻔뻔하게 느껴진다.

엄마의 얼굴은 하얗게 질렸다가 벌겋게 달아오르고 다시 하얗게 질려간다. 다음 달 카드 결제일에 돈이 통장에서 빠져나가야 한다는 사실이 끔찍한 모양이다.

"엄마, 그 사람들이 일부러 홀로그램을 손상하고 나한테 덮어 씌우는 거라니까. 스크래치도 마찬가지야."

엄마가 반응이 없자 로라는 내 옆으로 와서 노트북을 놓고 전원을 켠다. 세일즈 프로모션 사이트에 접속한 로라는 아이디와 비밀번호를 넣는다.

입력하신 회원 아이디는 정지된 상태입니다.

다시 로그인을 시도하지만 허사다. 로라는 메일함을 연다. 세일즈 프로모션에서 메일이 한 통 와 있다. 로라는 떨리는 목소리로 메일을 읽는다.

뭐라고? 리뷰왕 로라 님을 탈퇴 처리함을 알립니다? 인터넷 백화점 담당자들에게 받은 협조 문서에 의하면…… 로라 님께서 상습적 반품 행위를 통해…… 세일즈 프로모션 사이트에 사용 후기를 작성한 것으로 알려졌……습니다. 세일즈 프로모션에서는 물품을 일정 기간 사용한 진실한 사용 후기만을…….

"진실한 사용 후기가 뭔데? 도대체 진실한 게 뭐냐고?"

로라가 울먹인다. 로라가 올린 동영상 앞머리마다 노란 별 다섯 개와 리뷰왕을 뜻하는 붉은 왕관이 반짝반짝 빛을 발하고 있다. 로라는 동영상 하나를 클릭한다. 머리를 부풀리고 우스꽝스러운 표정을 지으며 높은 목소리로 깔깔 웃는 로라가 나온다. 그런데 돌연 모니터 속의 로라가 무엇 때문인지 눈을 흘기며 차갑게 웃는다. 모니터 밖, 로라는 떨리는 손으로 마우스를 움직인다. 삭제 버튼을 찾는 듯하다. 하지만 메시지 창만 불쑥 떠오른다.

로그인하십시오.

"오빠, 어쩌지? 이거…… 동영상 내리고 싶은데 로그인도 안되고…… 삭제도 안 되고 나 어쩌지……."

오빠라는 말이 심장을 찌른다. 로라는 미아보호소에서 보호자를 기다리는 어린애 같은 얼굴로 나를 올려다본다. 도와주고 싶은데 도와줄 방법이 없다. 내가 대꾸하지 않자 로라는 다시 로그인을 시도한다.

입력하신 회원 아이디는 정지된 상태입니다.

로라가 어깨를 들썩이며 흐느낀다. 손등을 입에 가져다대고 서글프게 운다.

"시끄러워!"

엄마가 소리치지만 울음소리는 점점 크게 들려온다. 정신이 아찔해진다. 축축이 젖은 누군가의 손이 눈앞을 적신다. 누구의 손인가. 아버지인가. 로라인가. 아버지인가. 로라인가. 이게 도대체 무슨 일인가. 나는 인상을 찌푸린다. 어찌된 일인지 음소거 버튼이 말을 듣지 않는다.

이런 젠장! 로라의 울음을 돌려주고 싶다. 종이 상자에 차곡 차곡 넣어서.

보라보라 스포츠센터

일진이 사나운 날이 있다. 오늘 같은 날이 그렇다. 학교 가는 길에 우편함에서 아빠한테 온 편지를 확인했다. '내 딸 로라에게'를 본 순간에는 진짜로 몸이 부들부들 떨렸다.

'오빠 새끼가 또 고자질을 했네.'

엄마가 오죽했으면 집에서 일어나는 일을 아빠에게 그대로 전하는 오빠를 두고 '확성기'라고 불렀을까. 오빠는 아빠 공장에 찾아가서 내가 겪은 일들을 시시콜콜하게 고해 바쳤을 것이다.

내 딸 로라는 보아라!

아빠다.

그간의 일을 네 오빠한테서 들었다.

처음에는 실망감이 이루 말할 수 없었지만 곰곰 생각해보니 이해할 수 있었다.

젊을 땐 누구나 실수할 수 있는 법이다.

다 그러면서 성숙해지는 거겠지.

아빠가 카드값 일부라도 갚아주고 싶다만 네가 저지른 일은 네가 책임을 지는 게 낫겠다고 결정했다.

큰 교훈이 됐길 바란다.

마지막으로 부탁 남기마.

네 오빠 잡지 마라.

내가 꼬치꼬치 물어서 알게 된 일이니까 말이다.

아무쪼록 엄마 마음도 헤아리는 딸이 되길 바란다.

혹여 아빠 걱정은 말아라.

좋은 아이템이 생겨 공장은 다시 가동될 거 같다.

좋은 날이 올 거다.

인생사 길흉화복은 아빠만 겪는 일도 아니니 아빠 걱정은 말아라.

아빠가.

편지를 읽은 후 하루 종일 아빠가 내 머릿속에서 양반다리를 하고 앉아 있는 것 같았다. 미안하지만 나는 아빠를 걱정할 겨를이 없었다.

지금도 그렇다. 내 목표는 마트다. 나는 마트 1층에 있는 고객만족센터에서 처리할 일이 있다. 일진이 제대로 사나워지려고 그랬던 것 같다. 마트에서 산 불량 브라 덕분에 나는 스폰지밥이 그려진 주니어용 스포츠 브라를 착용 중이다. 이것은 대단히 심각한 일이다.

어젯밤 마트에서 구매한 스킨 브라는 오늘 아침 열 시 십 분경에 말썽을 일으켰다. 구매한 지 하루도 지나지 않은 상품이다.

기말 시험 중이었다. 문제지를 받아들자마자 머리가 하얘졌다. '20~30대의 소비재 구매 패턴과 체리피커의 등장에 대한 의미를 1,000자 내외로 서술하시오.'

'소비자 연구'란 과목이 나를 조롱하고 있는 것 같았다. 그게 말이 되느냐고, 교과목이 무슨 수로 사람을 조롱하느냐고 비웃어도 할 수 없다. 나는 영리하고 합리적인 소비를 하고 있다고 철석같이 믿었던 소비자였지만 된통 당한 일이 있어 그렇다. 어쨌거나 내가 할 수 있는 일은 투덜거리는 거였다.

왜 이 따위 문제를 내는 거야? 교수님, 미쳤어요?

스트레스 호르몬이 분비되고 맥박과 혈압이 위험 수위에 다다른 듯싶었다. 심장이 쾅쾅거렸다. 정말 아주 무섭게 쿵쾅쿵쾅 뛰었다는 뜻이다. 어찌나 쿵쾅거리던지 안구에도 균열이 일어날 것 같았다.

나는 이런 상상을 해보았다. 계속 쿵쾅거린다면 내 심장이 망가질 수도 있을 거야. 심장이 멈추기 전에 도움을 청해야 하나. 119가 좋을까, 시험 감독을 하고 있는 조교가 좋을까. 그런데 그 순간 투둑 하고 망가진 것은 심장이 아닌 브래지어 후크였다. 정말 이해할 수 없는 일이었다.

브라의 생명은 '후크'라고 단정하겠다. 열세 살부터 지금까지 햇수로 10년째, 나는 100여 개의 브라를 사용했다. 하지만 후크가 망가진 건 처음이다. 브라의 후크와 바지의 지퍼가 망가졌을 때 어떤 것이 당신을 더 난감하게 만들 거 같냐고 묻는다면 나는 당연히 "후크요! 그걸 질문이라고 하세요?" 하고 되물을 것이다.

후크가 고장난 브라라니! 시험 시간 내내 문제에 집중하지 못하고 등 뒤만 신경 썼다. 게다가 내 뒤에 앉아 있던 L선배. 화농성 여드름을 얼굴에 달고 사는 복학생 못난이 L은 사소한 일을 가지고도 야릇하게 망신 주기 좋아하는 사람이었다. 아니나 다

를까. 선배는 내 옆구리를 콕 찔렀다.

"로라야, 너 브라자 풀렸다."

그의 입에서 튕겨나온 '브라자'라는 단어는 나에게 수치심을 안겨주었다. 남자들이 종종 '브라자'라는 단어를 입에 담을 때면 주먹을 날려주고 싶었다. 텔레비전을 텔레비라고 하는 것과는 다른 성질의 것이었다. 그 단어는 이상하게 천박하게 들렸고 나를 모욕하는 느낌을 주었다.

결국 엉뚱한 생각만 하다가 시험지를 제출했다. 멍하니 있는 나에게 도움을 준 사람은 재희였다. 기숙사 생활을 하는 재희가 부리나케 뛰어가 자신의 서랍장에서 가져온 주니어용 스포츠 브라 덕분에 이후 시험에서는 덜 한심한 답안을 제출할 수 있었다.

하지만 여자 화장실 거울 앞에서 나는 하마터면 비명을 지를 뻔했다. 원피스 원단이 너무 얇아 스폰지밥 그림이 적나라하게 비쳤던 것이다. 내 가슴 선을 무너뜨린 것도 모자라 스폰지밥이란 녀석은 구멍이 숭숭 난 노란 몸을 드러낸 채 눈알을 굴려대고 있었다.

나는 침울한 얼굴로 중얼거렸다. 마트 때문이야. 불량한 브라를 판 마트 때문이라고!

횡단보도만 건너면 마트 입구였다. 나는 초록불을 기다리며 시계를 본다. 네 시부터 아홉 시까지 보라보라 스포츠센터에서 아르바이트를 해야 한다.

옆쪽에서 왁자지껄한 소리가 들린다. 한패로 보이는 여자아이들이 소리 높여 떠든다. 양송이처럼 생긴 것들이다. 나는 중학생을, 특히 여중생을 좋아하지 않는다. 주리도 비슷한 생각일 것이다.

주리는 몇 주 전에 여중생들한테 두들겨맞았다. 사건이 있기 선까지 주리는 나와 통화 중이었다. 우리는 특정 가수의 얼굴을 가지고 이러쿵저러쿵 흉을 보고 있었다. 주리의 주변에는 여중생들이 있었는데, 그들은 가수의 얼굴보다 음악성을 지지하는 팬들이었다(주리는 그들이 여중생이 아니라 산행을 즐기는 아주머니들 같았다고 했다).

여중생이 이를 꽉 물고 말했단다. "언니는 가수를 얼굴로 판단해? 학교에서 그렇게 배웠니? 나이를 똥구멍으로 드셨어요? 니 얼굴은 지금 어떤지 알아? 주먹을 날려주고 싶은 얼굴이야. 썅!"

주리는 주먹밥 같은 것이 눈앞에서 어른거렸다고 했다. 나는 휴대폰을 통해 아얏, 뭐야, 헉, 왜 이래, 그만, 아파, 이런 소리를 들었다.

"주리야, 무슨 일이니?"

네, 네, 잘못했어요. 주리는 누군가에게 사과하고 있었다. 나는 영문을 몰라 휴대폰 너머의 소리에 귀를 기울였다. 그런데 서늘한 목소리가 나에게 물었다.

"이 언니 친구예요? 지금 나올래요? 넙치처럼 만들어줄게."

정류장에서 만난 주리는 왠지 납작해 보였다. 초점 잃은 눈으로 그 애는 말했다.

"무서운 애들이었어. 정말이야."

이후 주리는 여중생만 보면 벌벌 떨었다. 물론 나는 주리와 입장이 달랐다. 작년까지만 해도 나는 세일즈 프로모션의 리뷰왕이었다. 내 리뷰에 압도적으로 지지를 보내준 것은 10대 여자아이들이었다. 나는 그들의 심리를 알 만큼은 안다고 자부하는 사람이었다.

"로라 언니죠? 맞죠?"

양송이들이 묻는다. 나는 '라라'나 '보라'인 척 딴청을 피우고 싶다. 그런데 시치미를 떼도 모자랄 판에 피식 웃음을 흘리고 만다. 곁눈질로 보게 된 아이들 머리 때문이다. 눈썹 위쪽에서 결단력 있게 잘라버린 앞머리하며 전기 세팅기로 한껏 둥글

게 말아넣은 옆머리까지. 아이들 머리는 버섯의 균모 같다. 그러고 보니 요즘 길거리에서 만난 여중생들은 거지반 양송이 머리를 하고 있었다. 정말 개성이라고는 눈곱만큼도 찾아볼 수 없는 것들이다. 이전에는 깻잎 머리가 유행했었다. 깻잎에서 양송이로 이동했다면 다음 버전은 브로콜리일 것이다. 펑키한 멋이 여중생의 마음을 사로잡을 것이다. 나의 패션 동향에 대한 예측은 한 번도 빗나간 적이 없다.

"로라보다 훨씬 뚱뚱하잖아. 저게 44 사이즈로 보이냐?"

"맞다니깐."

"아니라니깐."

나도 모르게 어금니에 힘이 꽉 들어간다.

"비켜줄래?"

그들은 내 말에 아랑곳하지 않고 나를 둘러싼다. 내 의지와 상관없이 양송이 성벽에 갇힌 셈이다. 스폰지밥의 눈알만큼 내 눈도 세 배쯤 커지고 말았다.

"로라야, 뭐 해?"

로라이고 싶지 않은 로라를 로라로 확인시켜버린 이 반갑지 않은 목소리는 누구인가. 나는 어쩔 수 없이 로라가 되어 돌아본다. 여중생을 싫어하는 주리다.

학교와 아르바이트를 하는 스포츠센터 그리고 각자의 집까지 주리와 나의 이동 반경은 거의 비슷했다. 때문에 오늘처럼 마주치는 것은 이상한 일이 아니다. 주리는 정류장에서 있었던 넙치 사건을 떠올린 것 같다. 얼굴은 홀쭉해지고 입은 뾰족하게 나와 있다. 그리고 자꾸만 모로 쓰러질 것처럼 비틀거리며 안타깝게 나를 부른다.

"로라야, 뭐 하는 거야?"

내 이름 좀 부르지 말라고 이야기하려다 그만두기로 한다. 그때 초록불이 깜빡인다. 나는 아이들이 방심한 틈을 타 횡단보도를 건넌다. 넙치도 뒤따른다. 넙치가 새로 구매했다는 샌들은 어찌나 굽이 높은지 계단 위에 서 있는 것 같다. 넙치가 종종걸음을 치며 묻는다.

"쟤네 뭐야?"

"몰라."

"혹시, 쟤들한테 맞았어?"

주리가 주먹을 쥐어 보인다.

"넌 내가 중딩한테 얻어맞을 애로 보이니?"

주리가 눈을 흘긴다.

마트 입구로 들어서는데 날카로운 클랙슨 소리와 운전자의 고함 소리가 이어 들린다. 파다다다닥 하는, 폭죽이 터질 때의 그 따가운 느낌 같은 것이 귓바퀴를 할퀸다. 슬리퍼 소리였다. 아이들이 똑같은 슬리퍼를 신고 무단횡단을 한 것이다. 도로 위에 아이들이 버린 소음이 또 한 번 공명한다. 그리고 어느새 우리는 또다시 양송이 성벽에 둘러싸이고 만다.

성벽은 약속이나 한 듯 일제히 헐떡거린다.

"언니, 저…… 저 팬이었어요."

"……"

"요즘 리뷰 왜 안 올리세요?"

"……"

무거운 침묵이 흐른다. 파운데이션을 두껍게 발랐지만 주근깨가 도드라진 여자아이가 수줍은 표정을 지으며 묻는다.

"언니, 진짜 궁금한 게 있어요. 작년 9월 1일에요."

"……"

"'때로는 콜걸처럼'에서 쓰고 나온 그 가발 있잖아요."

콜걸처럼이라고? 나는 뜨악한 표정을 지은 채 시선을 피한다. 가능만 하다면 몸을 아무렇게나 접어 주리의 핸드백 속으로 숨어버리고 싶다.

"노란 가발 어디서 파나 진짜 궁금해요."

"그, 그게 뭔데?"

딱 잡아떼고 싶었지만 어쩐지 실패한 것 같다. 그런데 그들은 내가 반응한 것이 즐거운지 팽이버섯처럼 길고 가느다란 목을 빼들고 야들야들하게 웃는다. 하지만 웃는 얼굴에 침을 뱉을 수 있는 사람이 바로 나 로라가 아닌가. 나는 피식 웃은 후 호기심으로 가득한 아이의 얼굴을 쏘아본다.

"정말 데데하게 생겨가지고."

나도 모르게 엄마가 오빠한테 화가 났을 때 쓰는 말을 따라 했다. 로민이 쟤는 누굴 닮아 저렇게 데데하게 생긴 거냐……

아이들은 내 말이 정확히 무슨 뜻인지는 몰라도 그 의미가 좋은 것은 아닐 거라고 짐작하는 것 같다.

나는 리뷰왕 시절을 끔찍하게 부끄러워하는 중이다. 누가 말을 흘렸는지 인터넷에서 나를 반품왕이라고 부르는 사람도 있었다. 백화점 수입 매장에서 고가에 판매되는 동일한 상품을 세일즈 프로모션 사이트에서 3분의 1 가격에 완판한 일이 있다. 그물건을 찍은 건 나였다. 하지만 어쩌다 그런 실수를 했는지, 나는 동영상 리뷰에다 지금 들고 있는 이 백은 모 백화점에서 구매한 물건이지만 며칠 더 쓴 후에 반품할 거라는 흘리지 말아야 할이야기를 남겼다. 정말 대수롭지 않게 했던 말이었다. 하지만 동영상은 여기저기 잘도 퍼져나갔고 손을 쓸 수 없는 지경에 이르렀다.

리뷰왕 시절의 흔적들을 지우고 싶었지만 정말 쉽지 않았다. 그 흔적들을 마주할 때마다 나는 말할 수 없이 불쾌하다.

"로라야, 쟤들 안 따라오네."

안 봐도 알 수 있다. 여중생들은 밑도 끝도 없이 냉소적인 나에게 적지 않은 실망감과 배신감을 느꼈을 것이다.

고객만족센디 앞에서 대기자 번호표를 뽑는다. 그리고 전의를 다지는 마음으로 가방 속을 더듬는다. 나는 불량 브라와 양송이 중학생들 때문에 심기가 불편하다. 불량 브라를 판 마트부터 혼 좀 나야겠지. 그런데 브라가 없다. 브라가 들어 있던 작은 쇼핑백을 강의실에 놓고 온 모양이다. 오늘은 기말시험을 치렀고 종강을 했다. 강의실 문은 잠겨 있을 것이다. 나는 지금 고객만족센터 직원을 향해 후크가 망가진 브라를 집어던진 후 불량품이 사람을 얼마나 힘들게 하는지 알려주고 싶다. 덧붙여 학점이 나쁘게 나온다면 내 불량한 학점을 마트에서 전적으로 책임져야 할 거라고 엄포도 놓고 싶다. 그런데 바보처럼 증거물을 챙기지 못한 것이다. 번호표를 구겨 휴지통에 버린 후 주리와 3층 란제리 매장으로 올라간다. 일단 내 가슴에서 스폰지밥을 분리시켜야 한다.

하루 사이에 진열대 위치가 바뀌어 있다. 마트 직원으로 보이는 여자가 짐이 잔뜩 실린 카트를 밀며 다가온다. 나는 그녀에게 묻는다.

"저기요, 사이즈 좀 찾아주세요."

여자는 파란색 세로줄무늬 유니폼을 입고 있다. 여자의 팔뚝에 있는 파란 정맥이 또 하나의 세로줄무늬처럼 도드라져 보인다.

"사이즈가 어떻게 되시는데요."

"70 B컵."

나는 짧게 답한다. 시계를 본다. 보라보라 스포츠센터 사장은 매일같이 서비스 교육을 실시하는데, 이틀 연이어 지각을 한 사람에게는 그만 나오라고 통보했다. 마음은 급한데 여자의 동작은 굼뜨기만 하다.

"여깄습니다……."

나는 여자에게서 브라를 받아들고 다시 시계를 본다. 계산대로 가는데 주리가 투덜거리는 소리가 들린다. 스포츠 용품 쪽이다. 주리 앞에는 유니폼이 지독하게 어울리지 않는 여자가 서 있다. 40대 중반으로 보인다. 여자는 입을 꾹 다물고 주리를 차갑게 지켜보고 있다.

"아, 진짜……."

주리는 불벼락이라도 맞은 것처럼 벌건 얼굴이다.

"무슨 일인데?"

"다섯 번을 불렀는데도 못 들은 척하잖아."

여자의 입가에 조소가 살짝 스친다. 주리는 그 표정을 놓치지 않는다.

"헉, 지금 웃었어요?"

여자는 말없이 고개를 가로젓지만 얼굴에 묘한 웃음이 묻어 있다.

"좋아요. 끝까지 웃을 수 있나 보자고요."

주리는 등을 돌려 앞서 걷는다. 어쩐지 그 모습이 어디서 많이 본 듯하다. 어디서 봤더라.

"로라야, 나 지금 불만 접수하러 갈 거야. 보라보라에서는 있을 수 없는 일이잖아."

나는 고개를 끄덕이며 생각한다. 맞다. 보라보라에서는 있을 수 없는 일이다. 다섯 번이 아니라 단 한 번이라도, 아니 고객이 부르기 전에 먼저 그 마음을 읽고 달려가야 하는 곳이 바로 보라보라다.

나는 2층 고객 의견 접수대에서 불만족 사항을 힘주어 적는다. 주리가 다가와 내가 체크하는 항목을 물끄러미 보다가 묻는다.

"로라야, 아까 그 아줌마 이름 뭐였지?"

"이민희!"

나는 카드를 마저 작성하고 볼펜을 가방에 넣는다.

"너 기억력 진짜 좋다."

주리가 히죽 웃으며 엄지를 들어 보인다. 나도 피식 웃어 보인 후 시계를 본다.

"주리야, 우리 늦었어."

"벌써? 빨리 가자. 이민희는 전화로 접수시켜야겠다."

주리는 전화를 걸고 나는 무빙워크를 타고 내려오며 1층 계산대 쪽을 본다. 계산을 기다리는 사람들의 줄이 이어져 있다. 열두 명의 계산원 중 한 명은 우리 엄마지만 그들은 같은 공장에서 태어난 통조림 같다. 고만고만한 체격에 고만고만한 표정을 짓고 있을 계산원들 틈에서 나는 엄마를 쏙 뽑아낼 만큼 시력이 좋지는 않다.

엄마가 계산원이 된 지 일주일이 넘은 것 같다. 그 전에는 물품 정리를 했다. 마트에서 엄마와 마주친 적은 한 번도 없다. 그것은 다행한 일이었고 앞으로도 그래야만 한다.

나는 마트에서 엄마와 마주치고 싶지 않다. 왠지 나를 보자마자 엄마가 아이처럼 징징거릴 것 같다. 남이 보든 말든 바닥에 털썩 주저앉아 힘이 들어 도무지 살 수가 없다며 끝없는 한탄을 늘어놓을 것만 같다. 어제만 해도 그랬다.

"로라야, 엄마는 정말 이렇게 살 줄 몰랐다."

저녁 대신 술상을 차렸던 엄마는 결국 벌겋게 달아오른 얼굴이 되었다.

"정말 마이너스 통장은 너무 끔찍해."

엄마는 소주를 연이어 세 잔 마시더니 돌연 아이 같은 목소리로 말했다.

"있잖니, 마이너스가 싫어지니깐 마요네즈도 꼴 보기 싫다."

"······푸흡!"

마시던 커피를 쏟았다. 식탁 위로 검은 물이 번졌다. 휴지를 뽑아 식탁을 닦으며 엄마가 조만간 꼴 보기 싫어할 '마' 자로 시작되는 단어를 떠올렸다. 마라톤, 마그마, 마가린, 마그네슘, 마드모아젤······ 그리고 마마?

엄마는 아이 같은 표정을 털어낸 후 딴에는 근엄한 표정을 지었다.

"로라야, 진짜야. 마이너스의 '마' 자만 들어도 진저리가 나. 마이너스 통장을 생각하면 마이너스한테 푸욱 찔리는 기분이 들어. 어쩌면 내 몸에 이미 구멍이 났는지도 모르겠다."

혀 꼬부라진 엄마의 술주정이 듣기 싫어 나는 남은 커피를 단숨에 들이마셨다. 엄마는 잊었나. 우리 집이 정녕 마이너스 통장만 문제이던가.

"엄마 삶은 왜 이 모양일까? 이런 시시한 인생을 살려고 태어난 건 아니잖니? 엄마는 이렇게 살다 죽어야 하는 거야? 내 인생은 이것뿐인 거야? 더 나은 삶은 없는 거니? 엄마는 마이너스 통장에서 벗어날 수 없는 거야, 정말?"

아, 엄마는 자기도 모르는 걸 왜 나한테 묻는담. 엄마가 마이너스 때문에 슬프다면 나는 요즘 엄마의 물음표 때문에 진저리가 날 지경이다. 제발 엄마가 가진 물음표를 버려요. 그리고 예전의 엄마처럼 살아요. 단순하고 씩씩하게!

엄마는 이것저것 재는 사람이 아니었다. 이를테면 바퀴벌레 같은 것도 맨손으로 때려잡았다. 나처럼 호들갑을 떨며 바퀴약을 뿌리거나 오빠처럼 S 출판사에서 나온 베개만 한 사전을 던지는 볼썽사나운 짓은 하지 않았다. 목표물을 발견하면 씩씩하게 몸을 날려 단숨에 처리했다. 혹시라도 싱크대 구석으로 그것들이 도주라도 하는 날이면 부리나케 달려가 빨간색 공구함을 들고 왔다. 그리고 몇 개의 연장을 꺼내 순식간에 싱크대를 분해했다. 엄마의 육감대로 싱크대 뒤편이 놈들의 아지트였다. 깨 떨어지듯 우드드드 쏟아져나오는 바퀴벌레를 보고 내가 숨넘어갈 듯 비명을 지르면 엄마는 나를 안심시킨 후 그놈들을 맨손으로 응징했다.

그랬던 엄마가 마트에 나가면서부터 달라졌다. 일이 끝나 집에 돌아오면 소파에 길게 몸을 늘어뜨리고 꼼짝하지 않았다. 바퀴벌레가 떼 지어 거실에서 리셉션을 벌여도 멍한 얼굴로 바라만 보겠지. 그러다 기운 없는 목소리로 바퀴벌레한테 물을 것이다.

바퀴벌레야, 내 인생은 왜 이런 거니?

마트에서 계산원으로 일하는 게 무슨 큰 벼슬이라도 된다고 엄마는 나에게 이것저것 요구하는 게 많았다. 피곤하다는 말을 입에 달고서는 다리를 주무르라고 하다가 다리를 주무르면 다시 어깨를 주무르라고 하고 내가 꾹 참고 어깨를 주무르면 갑자기 짜증이 묻은 목소리로 말했다.

"마트란 데는, 마트란 데는 정말이지 일하는 사람을 이상하게 피곤하게 만드는 곳이야. 정말 이상하게 피곤하단 말이야."

엄마는 A 마트에 출근하면 가슴에 손바닥 크기의 배지부터 단다고 했다. 배지 바탕은 노란색이었고 그 안엔 환하고 공손한 표정으로 웃고 있는 얼굴이 있다. 엄마는 욕실 거울 앞에서 웃음 마크를 보고 웃기 연습을 했다. A 마트 관리자가 엄마의 시무룩한 인상에 대해 몇 마디 지적을 한 모양이다. 어서 오십시오. 안녕하십니까. 고객님…… 스마일…… 김치…… 치즈…….

마음이 답답하기는 했지만 바퀴벌레를 더는 잡지 않는 엄마를 충분히 이해할 수 있었다. 안 하던 일을 갑자기 하려니 몸은 얼마나 힘이 들까. 술주정까지도 참을 수 있을 것 같았다. 안 하던 일이니까. 그러나 도저히 참을 수 없는 일이 있다. 아빠와 오빠와 나를 한통속으로 묶어 맹렬하게 비난하는 엄마의 태도였다. 네 아빠가 가장의 의무를 저버리고 생활비를 주지 않는구나. 남편도 아니다. 네 오빠는 남들 다 하는 아르바이트 하나 구하지 못해 나에게 차비를 타가는 아이란다. 아들도 아니다. 참! 너는 대형 사고를 쳤었지? 카드 결제일만 되면 엄만 심장이 터질 것만 같구나. 도대체 너는 누구니?

나는 고개를 숙였다. 과거의 잘못은 내 현재를 위태롭게 한다. 일부는 인정한다. 소비자보호법을 앞세운 백화점 MD들이 나에게 혹을 날린 날을 내가 어떻게 잊을 수 있을까. 본의 아니게 엄마에게 경제적 타격을 안겼으니 지금은 입을 다물 시간.

"로라, 너 그 카드값 어떻게 할 거니?"

"갚을 거예요. 걱정 마."

"학자금 대출이자는?"

"아, 대출이자? 알고 있어. 그거 몇 푼 한다고요. 내가 이자 낼게."

"다음 학기 등록금은 어떻게 할 거니?"

"그것도 내가 알아서 하지 뭐!"

"알아서 하긴 뭘 알아서 해? 아르바이트라도 해야 할 거 아니야. 엄마는 하루라도 돈 걱정 없이 잠 좀 자봤으면 좋겠어. 네가 내 심정 알아? 마트를 그만두고 싶어도 내가 니들 때문에 그 지옥에서 벗어날 수가 없어. 별 그지 같은 인간들한테 굽신거려야 하고. 인상이라도 찌푸렸다간 여기저기서 욕은 욕대로 얻어먹고……."

내 한계는 여기까지였던가.

"쳇! 지옥에 뭣하러 다녀. 그만둬! 내가 엄마한테 마트 다니라고 했어?"

"그만두면?"

엄마가 주먹으로 내 책상을 내리쳤다. 질 수 없었다. 나는 포효했다.

"내가 알 게 뭐야!"

"뭐라고? 내가 알 게 뭐냐고? 이런 싸가지…….”

수험생이 있는 윗집에서 조용히 좀 해달라는 인터폰이 왔다. 달궈진 냄비 같은 엄마가 나를 뜨겁게 노려보았다. 몸이 마구 따가웠다. 나도 모르게 풀이 죽은 목소리로 엄마 심정을 이해한다고 말해버렸다. 진심이 아니었다. 만약 끝까지 말대꾸를 했다면 어땠을까. 엄마는 공구함을 가져와 내 몸을 싱크대처럼 분해하지 않았을까.

머리가 무거웠다. 졸업을 하려면 세 학기를 더 다녀야 했다. 누군가 내 귀에 대고 속삭이는 것 같았다. 로라는 빚쟁이지요. 로라는 빚쟁이지요. 누군가 내 귀에 핀셋을 콕콕 꽂는 것 같았다.

그 일이 있고 며칠 후였다. 주리가 희소식을 전해왔다. 그 애는 보라보라 스포츠센터에서 수질 관리 요원을 뽑는데 같이 해보는 게 어떠냐고 물었다. 수질 관리라고? 오염된 하천을 청소

하다가 코가 썩어버려도 할 의향이 있었다. 이것저것 따질 형편이 아니었기 때문이다. 그런데 뜻밖에 수질 관리는 코가 썩을 일이 아니었다.

"수질 관리 요원들은 다섯 시간 동안 수영장에서 음파음파 수영만 해주면 된대."

"음파음파 수영만 한다고?"

"응, 열심히 수영만 하면 된다니까."

보라보라 스포츠센터에서는 아르바이트생을 구한다는 공고를 내는 대신 센터 직원들의 인맥을 동원해 알음알음 사람을 모집하고 있었다. 정보를 준 사람은 안내 데스크에서 일하는 주리의 사촌언니였다. 언니는 수질 관리 요원의 자격 조건이 자유형 정도는 폼 나게 할 수 있는 20대 남녀라고 했다. 다행히 나는 초등학교 시절, 시에서 운영하는 어린이 수영단에서 여름마다 락스 물을 마셔가며 수영 실력을 키웠던 몸이다.

"나 할래!"

나는 산뜻하게 승낙했다. 마다할 이유가 없었다. 수영으로 살도 빼고 돈도 벌 수 있다니 이런 아르바이트 자리가 어디 있을까 싶었다. 리뷰왕 시절 달걀 네 개와 우유 두 잔으로도 하루를 버텼던 나였다. 하지만 세 끼를 양껏 먹고 틈틈이 간식까지 챙겨

먹자 정확히 두 달 만에 7킬로그램이 불었다. 수질 관리 요원이 되면 7킬로그램의 지방을 몰아낼 수 있을 것 같았다. 불어난 몸 때문에 악몽 같은 일을 경험한 것이 떠올랐다. 작년에 입던 새 틴 재질의 우아한 바지에 내 몸을 밀어넣자 바느질 솔기들이 부풀어올랐다. 2,879개의 솔기가 이구동성으로 외쳤다. 살려줘요! 나는 아우성을 못 들은 척하며 억지로 지퍼를 올렸다. 서서히 혈압이 상승했고 안구는 압력 때문인지 일직선으로 발사될 것 같았다. 삐져나오는 옆구리 살 때문에 숨을 흡 하고 들이마셨다. 배는 들어갔지만 흉부가 볼썽사납게 커졌다.

학교 가는 길에 길거리에서 바지를 벗을 순 없었다. 바지는 늘어나줘야 했다. 그러나 비극적인 사건은 지하철에서 일어났다. 나는 손지갑을 떨어뜨렸다. 조심조심 허리를 굽혀 지갑을 주웠다. 가랑이에서 뿌지직 하는 고상하지 못한 소리가 났다. 빌어먹을 새틴 바지가 자결을 한 것이다. 승객 중 한 명이 자신의 카디건을 벗어 나한테 주었다.

돈을 들여서라도 다이어트를 할 참이었는데, 수질 관리 요원이라니.

아르바이트 첫날, 스포츠센터 사장에게 인사를 했다. 그는 짐

짓 너그러운 표정으로 인사를 받았다. 나와 같이 일하게 된 수질 관리 요원들은 사장이 전직 수영 선수일 거라고 했다. 일부는 어디서 주워들었는지 레슬링 선수라고 했다. 나는 레슬링 쪽에 한 표를 주고 싶었다. 그는 땅딸한 키에 다부진 몸을 가졌는데 레슬링 선수들이 입는 원피스형 유니폼을 그만큼 잘 소화해낼 사람은 없을 것 같았다.

"체온 관리에 신경 쓰세요. 체온이 떨어진다 싶으면 사우나실을 이용하면 됩니다. 하지만 물에 있을 땐 쉬지 말고 몸을 움직여야 합니다."

사장은 예비 수질 요원들을 하나씩 살피며 말을 이었다.

"그리고 마지막으로 정말 중요한 것은 입조심입니다. 수영장 안에서 일어나는 일은 밖으로 가지고 나가지 마세요. 수영장 안에서의 모든 말은 수영장 물에 던져두고 가란 뜻입니다."

사장의 말은 간단하게 요약되었다. 일할 땐 헤엄치고, 일 끝났을 땐 수영장에서의 일을 흘리지 말라는 것. 나에게는 어려운 일이 아니었다. 잠시 침묵이 흘렀다. 그런데 뒤편에 서 있던 젊은 남자가 침묵을 깨며 조심스럽게 물었다.

"저, 궁금한 게 있습니다. 왜 이 일을 수질 관리라고 하는 건지……."

사장은 골똘히 생각하는 얼굴이었지만 끝내 대답하지 않았다.

주리와 나는 마트에서 빠져나와 보라보라 스포츠센터까지 빠르게 걸었다. 마트에서 시간을 보냈지만 다행히 지각은 아니다. 스포츠센터의 자동문을 통과하자 녹음된 인사말이 들린다. 어서 오십시오. 고객님! 천국에 오신 것처럼 편안하게 모시겠습니다. 감사합니다.

주리는 자동문을 통과할 때마다 비꼬듯 말한다.

"우린 오늘도 천국 같은 데 온 거네."

"우린 고객이 아니잖아."

"맞다. 이제부터 지옥의 일을 시작하자."

"이 정도면 꽤 괜찮은 지옥이야."

주리와 나는 안내 데스크 쪽으로 고개를 돌린다. 안내 직원인 주리의 사촌언니가 우리를 알아보고 손을 작게 흔들어 보인다. 멀리서도 언니의 원형 탈모가 빠르게 진행되는 것을 알 수 있다. 언니는 탈모의 원인을 업무에 따른 스트레스 때문이라고 단정 지어 말했다. 그러고는 언니뿐만이 아니라 다른 직원 몇몇도 사장의 막무가내식 서비스 지침 때문에 머리카락이 빠지는 고통을

겪고 있다고 비밀스럽게 속삭였다.

사장은 센터 직원들과 아르바이트생을 모아놓고 매일 두 번
서비스 교육을 실시했다. 그는 고객 만족과 최상의 서비스를 제
공하라고 강조했다. 어떤 날은 고객이 만족한 뒤에도 계속 만족
할 수 있는 서비스를 제공하라고 했다. 사장의 지시는 우리를 혼
란스럽게 했다. 이미 배가 불러 만족해하는 고객의 배를 계속 부
른 상태로 유지시키라는 뜻처럼 들렸기 때문이다. 사장의 지시
에 부응하지 못하는 사람들은 제 발로 보라보라를 떠나거나 해
고되었다.

사장이 대망 스포츠센터에서 보라보라 스포츠센터로 이름을
바꾼 것은 고객들에게 환상의 섬 보라보라에 온 것처럼 편안하
고 행복한 휴식의 시간을 제공하기 위해서라고 했다. 직장을 옮
길 생각이 없는 직원들은 사장의 서비스 신념에 부응해야 했다.
수질 관리 요원들도 마찬가지였다. 그 영향 때문인지 회원 수
가 점차 증가하는 추세라고 데스크 언니는 말했다. 나쁜 일은 아
닌 것 같았다. 그런데 정보통인 언니가 거기까지만 이야기했으
면 참 좋았을 것을, 이어진 이야기는 조금 황당하면서도 냄새가
났다.

지금부터의 이야기는 내가 본 것이 아니다. 어디까지나 데스크 언니의 말을 빌려 옮기는 거다. 2년 전까지만 해도 보라보라, 아니 대망 스포츠센터는 인근의 스포츠센터 중에서 회원 수가 가장 많았다. 최신 시설의 기구가 비치되어 있었고 넓고 쾌적했다. 특히 수영장은 스포츠센터에서 가장 훌륭한 시설이었다. 그런데 남자인지 여자인지 어른인지 아이인지 알 수 없는 누군가의 괄약근이 제 역할을 하지 못한 날 운명이 바뀌었다.

김밥 같은 물체가 물에서 부유하는 것을 최초로 발견한 사람은 대학에서 성악을 가르친다는 여자 교수였다. 도대체 저 검고도 누런, 단단하고도 흐물흐물한 것은 무엇에 쓰는 물건일까? 여교수는 물안경을 벗고 드라이아이스처럼 번져나가는 그 무언가를 걱정스러운 마음으로 바라보았다. 그녀는 시력이 나빠 안경이 없으면 초점이 흐려 눈을 찡그리는 버릇이 있었다. 그녀의 눈은 더욱 찡그려졌고 얼굴도 어두워졌다. 마침내 그 불길한 물체에서 서둘러 시선을 거둔 여교수는 3옥타브를 오르내리는 비명을 확실하게 질러주었다.

"또. 옹!"

수영장을 이용 중이던 사람들은 귀를 틀어막고 여교수가 가리키는 방향을 향해 합창을 하듯 다함께 소리를 질렀다. "또. 오.

옹!" 절묘하고 강력한 화음이었다. 수영장 천장의 불투명 유리에 번개 모양의 금이 간 것도 그 소리 때문이라고 했다. 교수는 어찌나 비명을 질렀는지 목이 쉬어버렸다.

그녀는 물기가 마르지 않은 목소리로 사장에게 따졌다.

"수영장 관리를 이렇게 해도 되나요?"

그러나 사장은 여교수의 말을 알아들을 수 없었던 모양이다.

"쉑켱징 켁헉욱 쏭쁘링 니수 씄나헉?"

그는 저녁 약속이 있어 여교수를 향해 한 번 환하게 웃어준 후 스포츠센터를 빠져나갔다. 여교수는 스포츠센터 홈페이시에 접속해 분노를 표출했다. 적당히 객관적이면서 지극히 주관적인 성격의 글을 작성해 게시판에 올린 것이다. 보고를 받은 사장은 사과나 해명 없이 게시물을 삭제하라고 명령했다.

사장은 이를 꽉 물고 생각했다. 사람 몸에서 똥이 나올 수는 있지만 김밥이 나올 수는 없다. 도대체 이런 말도 안 되는 글을 올리는 자는 누구인가. 사장은 불쾌감을 숨기지 않았다. 스포츠센터의 명예를 실추시키는 글이 게시판에 올라오는 족족 삭제하라고 지시했다. 소문을 들은 센터 회원들과 회원이 아닌 네티즌까지 가세해 무서운 속도로 글을 퍼날랐다.

대망 수영장 물은 똥물이라네!

어쩐지 수영장만 갔다 오면 구린내가 진동을 하더군.

대망 수영장, 알고 보면 대형 변기.

여교수가 비명을 지를 때 가장 크게 따라 질렀던 여대생이 발 빠르게 탈의실에서 휴대폰을 가져와 분해를 거듭하고 있는 불순한 물질을 촬영해두었던 모양이다. 그 영상은 국내뿐 아니라 전 세계인이 볼 수 있는 동영상 사이트에 공유됐다.

대망 스포츠센터는 결국 호미로 막을 일을 굴삭기로도 막을 수 없는 지경에 이르게 되었다.

센터 직원들은 이것을 '김밥 사건'이라고 불렀다. 인근에서 가장 잘나가던 스포츠센터는 하루아침에 회원 수가 눈에 띄게 줄었다. 절망에 빠져 있던 사장은 그 후 물 관리의 필요성을 뼛속 깊이 인식하고 아르바이트생을 고용했다. 가능하면 젊고 예쁜 여자들, 훤칠하고 몸이 좋은 젊은 남자들을 불러모았다. 보기만 해도 활력이 넘치는 젊은 남녀들이 수영장에서 푸카푸카 수영을 한다면?

사장의 계획대로 수영장은 물 반, '알바' 반이 되었다. 그리고 얼마 지나지 않아 수질 관리의 성과가 나타나기 시작했다. 수영장에는 물과 알바와 진짜 회원들이 뒤섞였다. 진짜 회원들의 등록이 늘어난 것이다.

사장이 출몰하면 익사 직전까지 헤엄을 치는 사람들이 있다. 그들은 십중팔구 수질 관리 요원이다. 나는 사장이 고용한 요원이 전부 몇 명인지 늘 궁금했다. 데스크 언니는 다른 종목들, 이를테면 골프나 헬스, 스쿼시, 요가와 같은 곳에도 요원이 투입된다고 했다. 그래서 정확히 몇 명의 관리 요원이 있는지 자신도 모른다고 했다. 그러고는 텅 빈 정수리를 손바닥으로 지그시 눌렀다.

김밥 사건을 만회하고 더 많은 회원을 모으기 위해 보라보라 스포츠센터의 전 직원들은 사장의 지시에 시달려야 했다. 사장은 고객을 위한 최상의 서비스를 강조하며 한 건의 불만 사항이라도 접수되는 날이면 어김없이 담당자들을 문책했다. 사람이 하는 일이라 회원 모두를 만족시킬 수는 없었다. 회원들 성향도 가지각색이고 말도 안 되는 부탁을 하는 사람도 나타났다. 홈페이지에는 칭찬 글과 불만 글이 끊임없이 올라왔다. 칭찬은 선이지만 불만은 악이었다. 단 한 건의 불만도 접수되지 않게 하기 위해 직원들은 회원들이 요구하는 것을 모두 들어주어야 했다. 베이비시터가 오지 않아 아이를 데리고 스포츠센터에 온 회원을 위해 12킬로그램이 나가는 두 돌 아기를 업고 반나절 가까이

업무를 본 사람이 데스크 언니였다. 아기는 사탕을 물고 흥얼거리다가 언니의 머리카락을 쥐고 흔들기까지 했다. 수영장 폐장 시간이 가까울 즈음에 나타난 회원을 위해 한 시간 동안 그의 개헤엄을 지켜봐준 수영 코치도 있다. 센터 안에서 술을 마시고 만취한 회원을 그의 집까지 대리 운전을 해준 안내 직원의 일도 모두 사실이란다. 우산 없이 집으로 가려는 한 회원을 위해 소나기를 멈추게 해달라고 기도를 했더니 정말 소나기가 딱 멈췄더라는 한 트레이너의 사연은 조금 더 알아봐야 할 이야기이기는 하다.

여하튼 이로 인해 보라보라 회원들은 버릇이 나빠졌고 갈수록 직원의 친절을 당연히 여기게 되었다. 뿐만 아니라 자신이 원하는 걸 들어주지 않으면 불만을 접수하겠다고 으름장을 놓았다.

나는 마트에서 사온 새 브라를 보라보라 스포츠센터 2층 여자 화장실에서 갈아입는다. 가격표를 매달고 있는 낚싯줄을 송곳니로 끊는다. 새 속옷으로 갈아입은 후 스폰지밥을 착착 접어 가방 속에 넣는다. 화장실 거울 앞에 선다. 이상하게 답답하다. 시계를 보니 정각 네 시다. 나는 부리나케 회의실로 달려가 주리 옆

자리에 앉는다.

"로라야, 어제 알바 다섯 명 잘렸대."

주리는 울상이다.

"아, 속상해. 그중에 브라운 맨도 있어."

"……."

속상할 만도 하겠다. 브라운은 주리가 점찍은 남자다. 그는 커피색 스타킹 같은 피부를 가졌다. 사람들은 그의 피부를 힐끔 거렸다. 그는 사람들의 시선을 즐기는 게 분명했다. 그는 열심히 수영하지 않고 물 밖에서 어슬렁거리며 시간을 보냈다. 플라스틱 의자에 앉아 레모네이드를 마시던 브라운의 모습이 떠오른다. 나는 그의 버선처럼 하얀 발바닥을 본 적이 있다. 찐 계란의 흰자처럼 통통하고 뽀얀 발바닥은 불편해 보였다. 사장은 분명 그의 흰 발바닥을 보고 불쾌했을 것이다. 감히, 어디서 발바닥 따위를 보이고 있어. 나를 무시하는 거야.

"늦어서 미안합니다."

스포츠센터 사장이 들어오는 줄도 모르고 나는 발바닥만 생각하고 있었다. 그는 최초의 지각을 했지만 보기 드물게 환한 얼굴이다.

"좋은 하루군요. 오늘도 할 수 있죠? 최선의 서비스를 다해주자고요. 자, 그럼 화이팅!"

끝?

주리가 의아하다는 듯 고개를 갸우뚱거린다.

"벌써 끝난 거야?"

의아하긴 나도 마찬가지다.

사장은 늘 무엇인가에 쫓기는 사람 같았다. 그런데 오늘은 다르다. 여유가 넘쳐 보인다. 수질 관리 요원들은 콧노래까지 부르며 경쾌하게 문을 나서는 사장을 물끄러미 바라본다. 로또에 당첨된 게 아닐까? 주리가 내 귀에 대고 속삭인다. 그럴지도 모르겠다. 아무래도 사장은 브라운의 하얀 발바닥보다 더 통통하고 뽀얀 비밀을 숨기고 있는 것 같다. 그때 보라보라의 실장이 우리 곁으로 바짝 다가와 말한다.

"거기 두 사람."

그는 이름 대신 우리를 늘 거기 두 사람이라고 묶어서 말하곤 했다. 그와 우리는 모두 여기에 있다. 내가 이마를 50센티미터만 들이밀어도 그는 코피를 흘릴 거리에 있는 것이다.

"탈의실 청소 좀 해줘야 하는데, 지금 괜찮지?"

이제는 말까지 놓고 있다. 괜찮지 않다고 말하고 싶지만 입이 사라진 거 같다. 우리의 대답을 듣지도 않고 그가 문을 나선다.

주리가 멍한 얼굴로 중얼거린다.

"탈의실 담당하던 그 여자가 나가서 그런 거야."

나는 대답 대신 주리를 본다.

"몰라? 너랑 싸웠던 여자 있잖아. 수건 아무 데나 던져놓는다고 뭐라 했던."

"누군데?"

"파란 머리 말야."

"파란 머리?"

파란 머리라면 기억이 난다. 파란색 페인트에 머리를 푹 담갔다 꺼낸 것 같은 여자. 그녀는 탈의실 담당자였다. 그녀는 수건을 아무 데나 던져둔다고 얼굴이 파래져 나에게 덤볐다.

"그 여자도?"

"어떤 회원이 불친절하다고 불만 접수를 했나봐. 그걸 보고 사장이 관두라고 했대. 그랬더니 슬리퍼를 사장 얼굴에 던졌대."

나는 피식 웃는다. 파란 머리가 던진 슬리퍼가 날아가 사장의 따귀를 때리는 상상을 한다. 통쾌하군!

친절과 불친절의 기준은 무얼까. 나에게 친절을 강요할수록 내 마음은 불친절해진다. 카드값과 학자금 융자를 갚기 위해 일단은 참고 있지만 이곳에서 언제까지 참을 수 있을지는 잘 모르겠다.

우리는 지시대로 밀걸레를 하나씩 들고 탈의실 바닥을 닦는다.

"오늘은 청소만 시키려나봐."

주리 목소리에 불만이 가득하다.

"수영장 물이 그립네."

진심이다. 밀걸레질을 하다보니 열 개의 손가락이 물에 불어 쪼글쪼글해졌던 것까지 그리울 지경이다. 탈의실 청소는 도무지 끝이 없다. 닦아도 물방울이요, 쓸어도 머리카락이다.

"여기요, 아가씨!"

나와 주리는 동시에 소리 나는 쪽을 본다. 한 여자가 물끄러미 우리 둘을 바라본 후 손짓을 한다.

"아무나 와봐요."

나는 장난스레 주리 등을 민다. 주리가 넘어질 듯 앞으로 튕겨나가면서 나를 향해 눈을 흘긴다.

"새로 온 사람인가요?"

"아…… 뭐…… 네……."

주리가 더듬더듬 말한다.

"여기 물기 좀 말끔하게 닦아줘요. 바로 이 자리에서 내가 넘어졌거든요."

여자가 검지로 바닥을 찌른다.

"정말 크게 다칠 뻔했거든."

"아, 네!"

주리도 나처럼 학자금 대출이자를 갚아야 하는 형편이다. 이
곳에서는 편의점이나 피시방에서 받는 시급의 두 배를 받고
있다. 우리가 보라보라에서 성질을 죽이는 이유가 바로 그 때문
이다.

"매드를 하나 깔아둬도 좋겠네."

여자는 나이를 짐작할 수 없는 얼굴이다. 20대 후반 같기도
하고 말투를 보면 40대 같기도 하다. 나는 여자를 로비와 탈의실
그리고 옥외 주차장에서 본 적이 있다. 여자는 빨강과 초록을 좋
아하는 것 같았다. 빨강 바지에 초록 티셔츠, 초록 스커트에 빨
강 블라우스를 입었다. 그래서 어떤 날은 크리스마스트리 같고
어떤 날은 신호등 같았다.

"그런데 말예요."

여자가 갑자기 목소리를 낮춘다. 내 친구 주리는 한눈에도 바
짝 긴장하는 것 같다.

"생리가 터졌지 뭐예요. 혹시 탐폰 가지고 있어요?"

"······그냥 생리대는 있어요."

"강습을 받아야 해서 난 탐폰이 필요해요."

고분고분했던 주리의 얼굴이 슬슬 붉어진다. 주리는 여자의 그다음 말을 예감하고 있었던 걸까.

"미안하지만 아가씨가 사다줬으면 좋겠는데요······."

주리는 3초쯤 뜸을 들인 후 마지못해 알겠다고 말한다. 주리의 얼굴이 흐물흐물해 보인다. 사장이 옆에 있었다면 이렇게 말했을 것이다. 고객이 도움을 요청할 경우 외면하지 마세요. 고객에게 진심을 바쳐주세요. 차라리 가방을 바치거나 신발을 바치는 게 쉬울 것이다. 진심을 무슨 수로 바치지?

주리는 굽이 높은 샌들을 신고 위태로운 걸음걸이로 비틀비틀 걸어나간다. 나는 밀걸레로 탈의실의 물기를 닦는다. 또래로 보이는 여자 둘이 머리의 물기를 털어내며 곧 떠나게 될 해외 연수와 남자 친구의 새 자동차에 대해 이야기한다. 심부름을 시킨 여자는 의자에 앉아 누군가와 한참 잡담을 나눈다. 그녀의 체인 목걸이에 눈이 끌린다. C 브랜드의 신상품이다. 모조품이 아니란 생각이 들자 갑자기 심통이 터진다. 화려하게 빛나던 나 로라만 밀걸레 같은 처지가 된 것인가. 나는 밀걸레를 움켜쥐고 거울을 흘끔 본다. 리뷰왕을 할 때보다 살이 붙었다. 54,900칼로리를 소비하면 예전으로 돌아갈 수 있을까? 무언가 많이 어긋나버린 것 같다.

나는 상상한다. 내가 쥐고 있는 이 밀걸레가 요술 할멈의 빗자루라면 얼마나 좋을까. 시급 따위 잊고 싶다. 당장이라도 이걸 타고 보라보라를 탈출하고 싶어진다. 왜 이곳은 누군가에게는 낙원이면서 누군가에게는 지옥이 되어야 하는 거지? 그것보다 누가 감히 낙원과 지옥을 만들어놓은 걸까? 심술스러운 생각이 꼬리에 꼬리를 물고 이어진다.

보라보라 스포츠센터에 로고송이 흐른다.

행복을 주는 보라보라 스포츠센터, 회원님들을 위해 최선을 다하겠습니다.

나도 모르게 내 손이 의지와 상관없이 여자들의 몸에서 떨어진 물방울을 기계적으로 닦아낸다. 리시버가 귀에 꽂힌 것처럼 사장의 목소리가 은밀하게 들리는 것 같다. 고객님이 쾌적한 시간을 보낼 수 있도록 깨끗하게 청소하라. 청소하라. 그들이 만족할 때까지 최선을 다해 봉사하라. 봉사하라. 누군가에게 내 두 팔과 두 다리가 조종당하고 제어당하고 있는 것 같다. 보이지 않는 낚싯줄 같은 것이 나를 마음대로 움직이는 모양이다. 밀걸레다. 나는 밀걸레다…….

아무렇게 던져져 있는 젖은 수건들을 커다란 바구니에 정리 ·
하는데, 심부름을 갔던 주리가 들어선다. 심부름을 시켰던 여자
도 통화를 마치고 주리를 응시한다. 주리의 이마는 땀으로 번질
거린다.

　"왜 이렇게 늦었어요?"

　"약국은 사거리에 있잖아요."

　"사거리요? 스포츠센터 지하에 편의점 있잖아요. 거기서도
파는데 뭣하러 사거리까지 가요?"

　"네?"

　"지하에 편의점 생겼잖아요."

　여자는 주리가 내미는 탐폰을 받아든다. 그러고는 강습 시간
에 늦었다고 혼잣말처럼 이야기한 후 주리를 본다.

　"어찌 됐든 고맙네요. 날도 더운데."

　주리는 대꾸하지 않고 벌겋게 상기된 얼굴을 피하듯 돌린다.
아마 이를 악물어 그 애의 저작 근육은 단단해졌을 것이다. 주리
의 기분을 아는지 모르는지 여자는 "그럼 고생해요!"라는 말을
건넨다. 어찌 됐든 고맙다니? 여보세요! 고마우면 고마운 거지
어찌 됐든 고맙다는 말은 뭐예요? 그리고 우리한테 계속 고생이
나 하고 있으란 말인가요? 속엣말이 입안에서 맴돌았지만 한 단

어도 뱉어내지 못한다. 여자가 탈의실을 빠져나가다 나와 눈이 마주친다. 탐폰이 불량품이길 바란다. 아주 곤란할 것이다. 나는 여자를 노려보고 싶었지만 자동으로 시선이 바닥으로 떨어진다. 천하의 로라가 어쩌다 이 꼴이 됐을까. 이 모든 것이 시급 때문이란 말이지.

주리는 간이의자에 앉아 자신의 발꿈치를 들여다본다.

"야, 진물 흐르잖아."

주리는 대꾸 없이 홧홧 달아오른 얼굴에 손부채질을 한다.

"여기 밴드 붙여야겠어."

"밴드는 됐고…… 아, 열받아."

주리는 입으로 바람을 불어 앞머리를 날린다.

"이해해. 싸가지 없는 여자야. 담에 또 저러면 내가 가만 안 둘게."

주리는 팔짱을 끼고 내 눈을 똑바로 바라본다. 나는 괜스레 움츠러든다.

"팔렸대."

"뭐가?"

"여기 스포츠센터 팔았대, 사장이. 그래서 우리 알바도 오늘까지래."

"왜?"

"뭐가 왜야?"

맞다. 왜라는 질문은 참 바보 같다. 나는 다시 묻는다.

"누가 그래?"

"누구긴. 언니지."

"카운터 언니?"

"응, 언니가 그랬어."

보라보라 스포츠센터가 팔리면 나에게 돌아올 득과 실을 생각해본다.

"정말 오늘까지래?"

"응."

"확실해?"

"그렇대두!"

나는 구석에 세워둔 밀걸레를 움켜쥔다.

"야, 아까 걔 어디로 갔지?"

"무슨 소리야?"

"너한테 생리대 심부름 시킨 여자 말이야."

"내가 어떻게 알아?"

나도 모르게 주리를 향해 소리를 빽 지르고 만다.

"이 멍청아!"

"그 여자?"

"아니, 너!"

"내가 왜?"

"오늘이 마지막인 거잖아. 그럼 아까 그 싸가지한테 한 방 먹였어야지. 와, 너 진짜 바보다."

"도대체 무슨 소릴 하는 거야?"

주리는 눈을 착 내리깔더니 상대하고 싶지 않다는 표정이다.

"오늘이 마지막인데 뭐하러 그 여자한테 고분고분하게 탐폰을 건네? 보란 듯이 확 집어던졌어야지. 파란 머리처럼 말이야. 우리가 너 같은 여자한테 생리대나 사다줄 사람으로 보이냐고 말이야."

"로라야, 너 미친 애 같아."

주리는 한심하다는 듯이 나를 쏘아본 후 뒤도 돌아보지 않고 가버린다. 정말 미칠 것 같은 기분이다. 지옥에서 쫓겨나는 것인가. 천국에서 쫓겨나는 것인가. 왜 하필! 종강을 한 시점에……

총무과에서 시급을 정산받는다. 짧은 기간이지만 편의점이나 피시방 같은 데서는 절대 벌 수 없는 금액이다. 이 돈으로 밀린

학자금 대출이자를 내면 된다. 이자가 밀린다는 것은 다음 학기 대출이 어렵다는 뜻이다. 정말 끔찍한 일이다.

1층 데스크 언니에게 그동안 고마웠다는 마음에 없는 인사를 한다. 언니는 사장이 좋은 가격에 스포츠센터를 넘겼다는, 별로 알고 싶지 않은 말을 전한다. 그리고 새로 센터를 인수한 사장이 기존 직원은 그대로 채용해 쓰겠다고 했다는 말까지 보탠다. 언니는 안도하는 눈치다. 손끝으로 정수리를 꼭꼭 누르며 이번 사장은 전직 축구 선수인지 야구 선수인지 하는 사람이라고 말한다. 나는 이번 사장도 이전 사장과 크게 다르지 않을 것 같은 느낌에 혹시 수질 관리 요원이 또 필요하게 되면 연락을 꼭 좀 부탁한다는 말을 하려다 구차한 기분이 들어 화제를 돌린다.

"언니는 뱅 헤어가 좋겠어요. 눈썹 위 0.5센티 정도로 해요. 전체 길이는 턱 선을 가릴 정도면 적당하겠고요. 뒷머리는 옆선보다 짧게 해요. 그럼 경쾌해 보이거든요. 색상은 푸른 기가 도는 블랙이어야 해요. 얼굴색이 노르스름해서 머리카락이 밝으면 피부 톤이 지저분하게 보일 수 있으니 꼭 푸른 기가 도는 블랙으로 하세요……."

언니가 제법 해사해진 얼굴로 묻는다.

"……그래? 뱅 헤어가 어울리겠니? 주리에게 듣던 대로 정말 감각 있구나. 근데 어느 미용실이 좋을까."

오, 젠장!

센터를 새로 인수한 사장도 언니의 탈모를 진행시킬 것 같아 뱅 스타일의 가발을 추천해준 것이다. 나를 향해 눈을 반짝거리는 언니에게 연예인 김모 씨가 다녀 웬만한 여자아이들은 다 알고 있는 미용실을 추천한다. 언니는 좋아라 미용실 이름을 받아 적는다. 나는 가슴이 답답해서 1층 화장실로 걸음을 옮긴다.

혹시나 했다. 나는 마트 직원에게 분명히 70 B요! 라고 말하지 않았나. 그런데 내가 입고 있는 것은 65 A다. 나는 스폰지밥을 어쩔 수 없이 다시 입고 문제의 브라를 돌돌 말아 가방에 넣었다. 오전에는 후크가 고장 난 브라가, 오후에는 치수가 맞지 않는 브라가 나를 괴롭힌다. 오늘 하루 참을 만큼 참았다. 학교에서, 마트에서, 스포츠센터에서 차곡차곡 쌓인 화를 어떻게든 분출할 시간이다.

기다려요! 고객님이 가십니다.

나는 마트에 들어선 후 란제리 매장으로 가기 위해 무빙워크 쪽으로 이동한다. 저녁 시간의 마트는 오징어에 붙은 개미 떼처럼 사람들로 우글거린다. 통로마다 카트가 넘쳐난다. 조심성 없는 어린아이가 내 발을 꽉 밟는다. 나는 카트를 미는 사람들 사이에 갇힌다. 그들은 피로에 지쳐 보이지만 할인을 하고 있는 물건만 보면 엔도르핀이 솟는지 매우 씽씽한 몸짓으로 물건을 카트에 담는다. 물이라도 한잔 마시려고 정수기 쪽으로 이동하는데 파란색 줄무늬 유니폼이 어정쩡하게 어울리는 사람이 내 눈을 확 끌어당긴다. 마트에서만큼은 마주치고 싶지 않은 엄마가 첫 번째 계산대에 서 있다. 물을 한 모금 마시고 돌아서려는 순간 새된 목소리가 내 귀를 할퀸다.

"이러다 밤새겠어요."

엄마 쪽에 줄을 섰던 사람들 몇몇이 옆쪽 계산대로 이동한다. 엄마의 계산대에서 줄을 서서 기다리는 손님들은 골이 난 표정을 숨기지 않는다. 챙 넓은 모자를 쓴 여자는 대놓고 엄마를 나무란다.

"어떻게 줄이 줄지가 않아. 이지희 씨, 빨리 좀 부탁드려요."

오랜만에 듣는 엄마 이름이다. 엄마는 자신의 이름이 호명되자 굳은 얼굴이 된다. 나도 모르게 계산대 쪽으로 한 발짝 다가가고 만다. 느림보 이지희 씨는 고객들을 답답하게 만들고 있다. 내가 봐도 엄마의 굼뜬 동작은 속이 터지고도 남을 일이다. 엄마는 손님이 내민 수표를 계산했다. 그런데 손님이 아차 싶다는 표정을 지으며 수표를 취소하고 카드로 다시 계산하겠다고 하니 엄마의 머릿속이 엉켜버린 모양이다.

"환장하겠네."

계산대 위에 물건을 부려놓았던 남자 손님이 플라스틱 장바구니에 도로 물건을 담아 옆 계산대로 이동해간다. 챙 모자는 더 이상 참을 수 없다는 듯 엄마를 날카롭게 쏘아본다.

"뭐가 문제예요? 왜 그러고 있어요?"

진열 상품을 정리하다가 계산원이 된 지 얼마 안 돼서 그런 거라고 나라도 나서서 이야기해주고 싶다.

"어떻게 줄이 줄지가 않아?"

누군가의 짜증 섞인 목소리가 나까지 위축시킨다. 꼭 그래야만 합니까? 조금 기다려주면 안 되느냐고요? 고함이 목구멍까지 올라온다. 엄마의 손이 굳어버린 것 같다.

"아, 답답해. 뭐가 문젠가요?"

차례를 기다리던 몇몇 사람이 옆 계산대로 이동한다. 검은 구름이 드리운 것처럼 엄마의 낯빛이 어두워진다. 화를 참는 모양이다. 나는 안다. 저 낯빛은 엄마가 폭발하기 직전에 보내는 신호다. 먹구름이 몰려오면 곧바로 폭풍우가 몰아친다. 엄마는 여자를 향해 화를 발사할 것이다. 당신 큰일 났다. 우리 엄마 성격 있는 사람이야. 나도 모르게 페트병 하나를 집어 모가지를 확 비튼다.

"아, 뭐 하는 거냐고요? 뭐 이런 사람이 여기서 일하는 거야?"

엄마가 여자를 좌악 쏘아본다.

"맘에 든다. 우리 엄마!"

속말이 입 밖으로 튄다. 그런데 지나가던 카트가 내 엉덩이를 세차게 밀어버린다. 몸이 앞으로 기울며 누군가의 카트 속으로 고꾸라진다. 몇 초간 암흑 상태다. 남자 손이 내 팔을 끌어당긴다.

"안 다쳤어요?"

몇몇 사람이 소리 없이 웃는다. 그래, 웃기겠지. 갑자기 남의 카트에 머리를 들이밀고 양배추와 뺨을 비비는 것도 모자라 노르웨이산 고등어와 입을 맞췄으니깐. 마음껏 웃어라.

엄마 옆에 유니폼이 잘 어울리는 여자가 한 명 서 있다. 한눈에 봐도 베테랑 같다. 여자는 엄마를 도와 기다리는 손님들의 물건을 신속하게 계산해준다. 챙이 넓은 모자를 쓴 여자는 계산이 끝났는데도 엄마에게 남은 잔소리가 있는지 자리를 뜨지 않는다.

"이지희 씨, 당신 때문에 내가 손해본 시간이 자그마치 7분이에요. 7분. 7분이면 내가 집에 도착해 있을 시간이에요. 어떻게 책임질 겁니까."

엄마 옆에서 계산을 도왔던 사람이 허리를 굽혀 사과한다. 엄마의 허리는 여전히 꼿꼿하다. 나는 주먹을 꽉 쥔 후 엄마를 향해 소리친다.

"엄마, 뭐 해. 날려버려!"

카트를 밀던 사람들과 엄마에게 핀잔을 주던 손님들이 동작을 멈추고 내 쪽으로 고개를 비튼다. 그런데 엄마만 나를 돌아보지 않는다. 화가 나면 폭풍우를 몰고 올 수도 있는 사람이 우리 엄마다. 당신은 이제 죽었어. 그런데 엄마는 왜 저러나.

"고객님, 정말 죄송합니다. 제가 일이 익숙지 않아서요. 오래 기다리게 해서 정말정말 죄송합니다……."

"똑바로 하세요."

여자가 몇 마디 더 투덜대고는 총총히 사라진다. 나는 화가 나서 음료수 병을 계산대 위에 탁 소리가 나게 내려놓는다.

"엄마, 왜 참았어? 진짜 실망이야."

"어서 오십시오, 고객님."

"엄마……."

엄마는 사라지고 마트의 친절 마크가 방긋거린다.

누굴까. 엄마의 표정을 가져가 버린 사람은.

버몬트 씨 옷 벗기기

오빠, 주리예요.

이 메일 로라에게 들키면 안 돼요.

나는 오빠가 정말정말 좋은데,

보라보라에서 같이 일하다가 사이가 조금 나빠졌어요.

다 제 잘못이에요.

로라는 오빠와 사귀지 말라고 저에게 엄포를 놓았어요.

제가 더 아깝다고까지 했어요.

그런 말을 들으니 정말 눈물이 날 거 같았어요.

로라는 오빠와 많이 다른 것 같아요.

그런데요.

오빠, 저 거기 가보고 싶어요.

오빠가 일하고 있는 R 컬렉션의 지하실 말예요.

힘들게 일하는 오빠를 도와주고 싶어요.

꼭 데려가줄 거죠? ^-^!

오빠의 예쁜 종달새 주리가.

주리의 달콤한 메일을 읽느라 정신을 놓고 있었다. 나는 고개를 빼고 현관문을 본다. 누군가가 도어록 버튼을 증오하고 있는 게 분명하다. 버튼이 무슨 죄가 있다고 마구 쥐어박는가. 범인은 엄마였다. 문이 열리고 엄마가 집 안으로 들어선다. 그 뒤를 로라가 천천히 따른다. 팔뚝과 목덜미에 딸기 씨 같은 소름이 도독도독 일어난다. 엄마와 로라의 얼굴은 흑색이다. 그들은 볼록해진 눈을 치켜뜬다. 나는 메일 창을 서둘러 닫는다. 그들의 시선이 너무 따가워서 내 몸은 먹지가 되어 금세라도 타들어갈 기세다.

"왜요. 왜 이러세요?"

몇 해 전 동네 불량배한테 끌려갈 때도 나는 겁에 질린 목소리로 말했다. 저한테 왜 이러세요? 엄마와 로라는 그때의 불량배보다 몇 배는 불량해 보인다.

"몰라서 묻니?"

"오빠! 집에 있으면 어떡해?"

엄마와 로라는 번갈아 나를 다그친다.

"좋은 말 할 때 옷 찾아와!"

"오빠, 당장!"

생존의 위협을 알리는 사이렌이 울린다.

나는 소파에 던져두었던 점퍼를 집어들고 사력을 다해 거실을 가로지른다. 현관 앞에서 왼손으로 문을 여는 동시에 오른손으로 신발을 낚아챈다. 엄마와 로라는 눈썹을 휘날리며 뛰어온다. 하지만 나는 여유 있게 탈출하고 엄마와 로라는 합창을 한다.

"어서! 당장! 빨리!"

시선이 발등으로 떨어진다. 나는 짝짝이 신발을 신고 있다. 하나는 밑창이 납작한 베이지색 스니커즈고, 하나는 발목까지 오는 검정색 하이탑 운동화다. 그런데 어디선가 검은색 주먹이 날아온다. 로라가 고맙게도 검정색 운동화를 던져준 거다. 나는 신발을 갈아 신고 스니커즈를 로라 쪽으로 힘껏 던진다. 로라의 새된 비명 소리가 들린다. 로라는 네 살 때부터 내가 던지는 물건을 얼굴로 받는 습관이 있다. 제기도 얼굴로 받고 배구공도 얼굴로 받고 책가방도 얼굴로 받는다.

나는 서둘러 버스 정류장으로 뛰어간다. 버스를 기다리며 혼 잣말을 한다. 줬던 물건을 어떻게 다시 빼앗아오란 거야. 나더러 그런 치사한 짓을 어떻게 하라는 거야.

나는 버몬트 씨에게 줬던 얼룩무늬 외투를 돌려받아야 한다. 만약 되찾지 못한다면 R 컬렉션 측은 사업 손실에 대한 손해배 상 청구를 하겠다는 뜻을 관리자를 통해 알려왔다. 내 나이 스물 세 살, 전 재산 9,820원. 어제 현금 인출기 앞에서 180원 때문에 절망했다. 이런 나에게 손해배상을 청구하겠다는 R 컬렉션이 원 망스럽다. R 컬렉션을 나보다 더 사랑하는 엄마와 로라도 마찬 가지로 원망스럽다.

버스에 올라탄다. 뒷자리에 좌석이 하나 비어 있다. 무너지듯 주저앉는다. 휴대폰이 울린다. 신통력이 생긴 게 분명하다. 벨소 리만 들어도 누가 전화했는지 알 것 같다.

"반드시 찾아와야 해!"

R 컬렉션의 관리자다.

"네…… 알겠습니다."

"말로만 네, 네 하지 말고. 꼭 벗겨와!"

전화를 끊고 하늘 저편으로 검붉게 물드는 저녁놀을 물끄러미 바라본다.

버몬트 씨의 옷을 벗기자. 무슨 일이 있어도 꼭 성공해야 한다.

그는 자신을 버몬트라고 부르라 했다. 거리에서 몸으로 사유하는 철학자라는 말도 덧붙였다. 180센티미터가량의 키에 마른 몸, 길고 가느다란 팔과 다리, 크고 둥그런 눈, 굽은 어깨와 빗자루 털같이 뻣뻣한 검은 머리카락. 그는 평범해 보이면서도 비범해 보였다. 이 세상 사람 같으면서도 딴 세상 사람 같았다. 하지만 입을 열 때마다 풍기는 고약하게 발효된 냄새는 지나치게 현실적이었다. 그것은 세상의 냄새였다.

"세상은 패스트, 패스트, 패스트, 미친 듯 빨라. 슬로우, 슬로우, 슬로우, 천. 천. 히. 움직이자구. 천천히. 뭐든지……."

'천천히'란 말을 할 때 그의 눈은 알 수 없는 신념으로 불탔다.

그의 이름이 버몬트일 수는 있다. 거리에서 몸으로 사유하는 철학자일 수도 있다. 하지만 사람들은 그를 입 냄새나 풍기는 더러운 걸인 이상으로 생각하지 않는다. 내 생각도 별반 다르지 않았다.

R 컬렉션의 맞은편에 있는 육교 밑은 버몬트 씨가 머무는 자리 중 하나였다. 그는 포장 박스를 몇 개 겹쳐 깔고 앉아서는 사람들을 뚫어지게 바라보곤 했다. 그는 술에 취했을 때도 있었지만 맨 정신일 때가 더 많았다.

그와 말을 나눈 첫날은 함박눈이 비처럼 내리던 밤이었다. 그날은 크리스마스이브였고 거리는 사람들로 붐볐다. 그는 육교 계단에 앉아 흰 눈을 그대로 맞고 있었다. 그의 검은 눈썹 위에도 눈이 쌓여 화선지에 먹물이 조금 번진 것처럼 보였다. 맞은편의 R 컬렉션에서 쏟아내는 붉고 푸른 빛들이 그의 몸과 머리 위에서 장난을 쳤다. 나는 그가 길을 막고 앉아 있는 게 못마땅했다. 그를 피해 어렵게 육교를 올라가 전철 입구로 들어서는데 누군가가 내 어깨를 잡았다.

"학생! 지갑 떨어뜨렸어."

그였다.

"학생 거잖아."

"아, 감사합니다."

나는 조금은 떨떠름한 표정을 지었다. 몇 년 전만 해도 나는 몸에 붙어 있던 각질이 떨어지는 소리까지 들을 수 있었다. 그 소리는 바늘 끝으로 비스킷을 조심스럽게 찌를 때 나는 소리와 흡사했다. 그런데 무엇 때문에 나는 이토록 무뎌졌는가. 누가 나를 이렇게 무디게 만들었을까. 지갑처럼 묵직한 것이 내 주머니 밖으로 툭 떨어져 나갔는데도 그것을 알아차리지 못했다니! 지갑 안에는 주리와 함께 볼 공연 티켓이 있었다. 웃돈을 주고 구한 티켓이었다. 만약 티켓을 잃어버렸다면 어떻게 됐을까. 크리스마스 날, 주리와 나는 우울한 얼굴로 분식점에 나란히 앉아 더 우울해 보이는 김밥과 떡볶이를 먹고 헤어졌을 것이다. 고마운 마음이 들어 지갑 안에 있는 지폐를 모두 꺼내 그에게 건넸다. 고작해야 만 원짜리 한 장과 천 원짜리 서너 장이었지만 그는 받지 않았다. 대신 그는 내 이름을 물었다. 로민이라고 말하자 그는 자신을 거리의 철학자 버몬트라고 밝혔다. 바삭바삭한 과자 이름 같기도 한 버몬트.

사회탐구 영역은 5등급이었지만 버몬트 정도는 기억하고 있었다. 일반사회를 가르쳤던 선생님이 말했다. 어느 한 시절, 반자본적이며 조화로운 삶이 무엇인지 생각하던 사람들이 살았단다. 그들은 소유와 축적의 삶보다 희망과 노력의 삶을 가꾸려 했지. 그들이 첫 번째로 그 꿈을 펼친 곳이 버몬트의 작은 마을이었다…….

선생님은 그곳이 어떻게 변화되고 어떻게 변질되었는지도 이야기했는데, 나는 그 순간부터 귀를 닫았다. 그런데 교실 안에 있던 반 친구들의 눈가가 촉촉해졌다. 지루함을 참다못해 입이 찢어져라 하품을 하면서 수분을 뿜어낸 것이다.

지갑을 주워준 이후부터 버몬트 씨와 나는 잠깐씩 이야기를 나누는 사이가 되었다. 사실 이야기를 나눴다기보다 내가 그의 일방적인 이야기를 들어줬다는 게 맞는 말이다. 주된 이야기는 세속 도시에 사는 한 조종당하는 꼭두각시일 수밖에 없다는 내용들이었다. 그 악몽에서 벗어날 길은 오로지 몸으로 깨닫고 몸으로 버티는 것밖에 다른 방도가 없다고. 하지만 그것도 쉬운 일은 아니라고…… . 그는 곰팡내 나는 입으로 참으로 바삭바삭한 소리를 하고 계셨다.

5번 버스가 급정거를 한다. 그 바람에 나는 앞 의자 손잡이에 머리를 찧는다. 버스 기사가 창문을 열고 택시 기사에게 소리친다. 그들은 서로의 잘잘못을 따진다. 시간은 흐른다. 버몬트 씨의 옷을 벗길 시간은 뒤로 물러난다. 누군가가 소리친다. 시간 없다구요! 그냥 가요.

우리는 시간제 가족이다. 엄마는 A 마트에서 일하고 있고, 로라와 나는 휴학을 하고 하루 일곱 시간씩 아르바이트를 하고 있는데, 그곳이 R 컬렉션이었다.

"알고 있니? 203호 아들 말이야. 어찌나 애가 똑똑한지 개한테 과외를 받겠다는 사람들로 넘쳐난다더라. 개한테 과외를 받으려고 기다리는 사람은 또 얼마나 많은지 번호표를 뽑고 대기해야 한다더라. 한 달에 천만 원 가까이를 번다더라. 그 와중에 변리사 시험도 준비해서 1차는 합격을 했다더라."

'다더라' 통신원은 입을 다물 줄 몰랐다. 203호 아들은 도대체 어떤 인간이기에 그런 불가사의한 짓을 하고 있는 거지? 그리고 무슨 은행도 아니고 번호표를 뽑고 기다려야 한다는 거지?

"너한테 그 집 아들처럼 돈을 벌라는 건 아니야. 하지만 네가 단돈 백 원이라도 벌어 이 엄마한테 가져다준 적이 있니? 다 필요 없으니 네 앞가림은 네가 좀 알아서 하면 안 될까? 네 등록금은 어떻게 좀 해봐야 하지 않겠어? 아니면 학자금 대출이라도 네가 알아서 내든가. 네 아빠는 호두가구인지 호두과자인지에 처박혀 코빼기도 안 보이는데."

엄마는 아버지가 호두와 바람을 피운다고 말했다. 가구 만드는 일에 푹 빠진 남편에 대한 원망을 엄마 딴에는 고급하게 표현한 거란다. 과연 그럴까? 어느 날 술에 취한 엄마가 넋두리를 늘어놓았다. 그래, 호두 년은 그리 좋고 애까지 낳아준 지 마누라는 나 몰라라 해도 된다는 거야? 다음 날 호두에 왜 '년' 자를 붙였는지 엄마는 도통 기억이 나질 않는다고 했다. 엄마 때문에 로라와 나는 어안이 벙벙해졌다. 그런데 엄마가 자꾸만 호두 타령을 해서 그런 건지 어처구니없는 꿈을 장황하게 꾸곤 했다. 꿈속의 아버지는 호두와 열심히 사랑을 나눈다. 호두와 아버지는 뜨겁고 열정적이었다. 꿈속의 나는 눈을 반쯤 감고 그들을 관찰하다가 고개를 세차게 가로저었다. "난 꿈꾸고 있는 거야." 하지만 꿈에서 깨어났는데도 호두와 사랑을 나눴던 아버지의 몸과 마음이 얼마나 까끌거렸을까, 하는 생각에 이르렀다. 나는 다시 꿈을 꾸고 싶었다. 아버지의 파트너는 연두부가 어떨까?

엄마가 남의 아들 자랑에 열을 올린 것도 모자라 가정경제에 대해 비관적인 전망을 할 때도 나는 묵묵히 듣고만 있었다. 그런데 친할아버지가 돌아가시기 몇 해 전, 무엇이 못마땅하셨는지 차례상을 물리자마자 했던 말이 떠올라 그 말을 곱씹었다. "집구석에 망조가 들라고 이러는 건가. 왜들 서로 헐뜯고 못 잡아먹어 안달이냐?"

엄마가 나를 못 잡아먹어 안달인 걸 보면 우리 집은 그냥 망한 거다.

엄마는 잔소리를 원 없이 쏟아낸 것도 모자라 로라와 나를 꼼짝 못하게 할 계획을 늘어놓았다. 엄마 친구 남편의 군대 동기의 사촌의 애인의 사돈이 R 컬렉션에서 매장 관리를 담당하고 있었다. 그는 우리의 딱한 사정을 안타깝게 여겨 로라를 디자이너 그레이스 케이에게 소개해주고 나는 지하 물류 창고 담당자의 보조로 일하게 해주었다. 로라와 내가 R 컬렉션에서 일하게 된 배경이다.

엄마는 203호 아들과 나를 비교하면서 백 원이라도 준 적이 있느냐고 말했다. 나는 정말 열심히 아르바이트를 해서 엄마 손에 꼭 '백 원'을 쥐여주고 싶었다.

R 컬렉션은 세워진 지 만 1년이 넘은 패션 회사다. R은 Revolution의 약자였다. 건물은 외벽에 박아넣은 아이 머리만 한 큐빅들 때문에 날씨와 관계없이 번쩍거렸다. 그 빛은 수십만 다발의 필라멘트를 묶어놓은 것같이 무섭고 복잡해 보였다. 그래서 문제가 생기기도 했다.

R 컬렉션에서 반사된 빛이 길 건너 아파트 단지의 유리창에 부딪쳤다. 주민들은 반사된 빛에 자신들의 시력이 떨어지고 있다며 강력하게 항의했다. 하지만 얼마 지나지 않아 R 컬렉션이 집값 상승의 주요한 요인으로 작용한다는 사실을 깨닫고 해가 이울면 애나 어른이나 군말 없이 선글라스를 꺼내 쓰고 다

넜다. 이것도 '다더라' 통신원의 전언이다.

　엄마가 마트에서 6개월 동안 일해 번 돈을 한 푼도 쓰지 않아야 그레이스 케이의 블라우스 한 장을 살 수 있다고 했다. 나한테 R 컬렉션은 비상식적인 곳이었다. 하지만 로라에게는 달랐다. R 컬렉션에서 일하는 걸 즐거워했다. 아니, 즐거워하는 정도가 아니라 몸 어딘가에 애드벌룬이라도 달아났는지 늘 붕 떠 있었다.

　"오빠, 그레이스 케이의 가방을 보잖아. 그럼 그 가방의 아우라에 몸이 마구 떨리는 거 있지."

　로라는 그딴 말을 하고 또다시 전기뱀장어처럼 꿈틀거렸다.

　R 컬렉션에서 일하게 된 걸 로라는 매우 자랑스럽게 여겼다. 하지만 불행하게도 로라는 그레이스 케이의 어시스턴트라는 허울 아래 허드렛일에 시달렸다. 그녀의 커피 심부름, 은행 업무, 세탁물을 알아서 챙겨야 했고, 그레이스 케이가 받기 싫어하는 전화까지 대신 받아주는 것은 물론 전남편에게 아이들의 양육비도 직접 전달해줘야 했다. 이혼한 며느리를 질색하는 시어머니는 로라가 그레이스 케이라도 되는 양 매번 잡아먹을 듯이 으르렁거렸다. 로라는 화장실 갔다가 거울 한번 제대로 보기 힘들 정도로 바쁘고 정신없는 날들이라고 했다.

하지만 로라가 그레이스 케이와 연관된 것들 중 가장 힘들어 한 것은 그녀의 고양이였다. 로라는 네 발 달린 것들을 원체 미워했다. 살찐 것들도 못지않게 경멸했다. 그러니 네 발 달린 주제에 살까지 피둥피둥 찐 고양이가 로라 눈에 예뻐 보일 리가 없었다.

"털까지 황토색이라 멀리서 보면 고양이인지 송아지인지 알 수가 없어!"

로라는 그레이스 케이의 잔심부름이 끝나면 오후 세 시에서 네 시 사이에 고양이를 운동시켰다. 일주일에 세 번 동물 전용 헬스클럽에 고양이를 데려가서 트레드밀 위에서 뛰는 걸 지켜봐야 했다.

로라는 고양이 눈빛도 트집 잡았다.

"버릇없는 눈으로 나를 올려다보는 거야. 너 사람 맞아? 나는 고양이거든! 뭐 이런 눈빛으로 말야."

"수염이라도 하나 뽑아버리지 그랬어."

대충 맞장구를 쳐줬더니 로라는 신이 나서 말을 이었다.

"뭐하러 내 손에 수염을 묻혀. 애완용 트레드밀이란 거 말야, 굉장히 재밌더라. 레벨 1부터 10까지 있는데 레벨이 높아질수록 속도가 빨라져. 고양이가 너무 얄미워서 레벨 10까지 올렸더니 개 눈이 똥그래지더라고. 5분쯤 그대로 뛰게 뒀어. 트레드밀이 뜨거워지니까 고양이 등에서 김이 나는 것 같았어. 단백질 타는 냄새가 났는데, 이건 후각이 착각을 일으킨 거겠지? 나는 고양이 태도에 따라 레벨을 정해주고 있어. 그런데 이 바보는 몰라. 여전히 도도해. 집에 가면 쓰러진 의자처럼 누워 꼼짝도 못하는 주제에……."

로라는 동물 학대를 무용담처럼 늘어놓았다. 고양이는 알고 있었을까. 누군가에 의해 속도가 정해진다는 걸 말이다. 그런데 어찌된 일인지 그 이야기를 듣나보니 로라가, 아니 엄마가, 아니 아버지가, 아니 내가, 아니 우리 가족이 트레드밀 위에 올라가 있는 것 같았다.

나라면 당장 그만뒀을 일을 로라는 불평을 하면서도 착실히 수행했다. 이유가 있었다. 그레이스 케이는 로라에게 진열 상품 중 일부를 자주 선물하곤 했다. 비록 오염이 되거나 단추나 큐빅 같은 게 사라진 상품들이지만 로라에게는 고통을 감내하기에 충분한 가치가 있는 물건이었다. 로라는 그런 기회가 더 자주 오길 바라는 눈치였다.

로라가 하는 일에 비해 내가 하는 일은 대단히 단순했다. 지하에서 물류를 지키거나 버려지는 물건을 소각장까지 가지고 가서 물건이 외부로 유출되지 않게 감시만 하면 되는 거였다. 버려지는 물건은 어마어마했다. 고가에 판매되던 상품들, 심지어 메인 윈도에 걸렸던 R 컬렉션의 대표 상품들도 판매 전략이라는 이름 하에 가차 없이 소각됐다. R 컬렉션은 다양한 상품을 소량 생산한 후 고가에 파는 전략을 펼쳤다.

지하에는 물류 창고 말고도 디자이너와 어시스턴트 들의 작업장이 있었다. 그들은 산업혁명 당시의 노동자처럼 무표정하고 피로한 얼굴로 늘 작업대에 붙어서 재단을 하고 재봉틀을 돌렸다. 자고 먹고 화장실 가는 것 빼고 죽도록 일만 하는 것 같았다. 그렇게 만들어진 의류와 가방은 높은 가격표를 달고 진열되었다.

처음에는 아무도 R 컬렉션에서 물건을 사려고 하지 않았다고 한다. 턱없이 비싸기도 했거니와 도무지 실용적인 구석이 없었기 때문이다. 그런데 이상한 건 R 컬렉션 역시 물건을 적극적으로 팔려고 하지 않았다는 점이다. 그들은 새로운 상품을 전시하고 그 상품을 내리는 일만 반복했다. 이상한 일은 또 있었다. 시간이 지날수록 R 컬렉션에서 선보였던 비실용적이고 불편해 보이는 물건들이 소비자에게 반향을 일으킨 것이다. 문을 연 지

1년 만에 R 컬렉션의 브랜드 이미지는 소비자들에게 특별하게 인지되었다. 엄마조차 언제 R 컬렉션의 원피스를 입어볼 수 있을까, 죽기 전엔 입을 수 있을까, 무이자 60개월이면 하나 사볼 만도 하다는 말을 했다.

휴먼마케팅학과에 적을 두고 있는 나. 내 분석에 따르면 그들은 고고한 척해도 사투를 벌이고 있는 게 분명하다고 판단된다. 우아하게 헤엄치는 오리의 발을 보라. 얼마나 분주해야 하는가. 지상의 화려한 불꽃이 꺼지지 않게 하기 위해 지하에서는 디자이너와 어시스턴트 들이 죽을힘까지 모아 풀무질을 하고 있었다. 그것을 알고 있는 사람은 그리 많지 않았다.

지상에서 단기 전시되었던 상품들은 지하로 내려와 쌓였다. 창고로 내려온 물건이 벽마다 가득가득 쌓일 때면 내가 서 있는 자리까지 잠식당할 것 같았다. 내가 서 있는 이 한 뼘의 땅까지 물건이 밀고들어와 나를 질식시킬 것 같았다. 그것들은 액체로 변해 내 몸 안으로 흘러들어올 것 같았다. 내 공기까지 빼앗아 먹고 나까지도 먹어치울 것 같았다. 아니, 어쩌면 내 장기 속에 이미 침투해 있을지도 모른다. 창고에서 일한 지 일주일 만에 나는 새롭게 만들어지는 물건에 대해 반감을 느꼈다.

소각장으로 향하는 날이었다. 나는 의류와 패션 잡화 들을 트력에 실었다. 저 물건의 원단과 부속물 들의 고향은 어디였을까. 어디서 나고 자라 물건이 됐을까. 나도 모르게 세속 도시를 경계하는 제2의 버몬트로 변신한 것 같았다.

"가격을 내려 판매하면 되지 않을까요. 이걸 태우면 연기가 얼마나 많이 날까요."

그 소리를 들은 관리자 오모 씨가 대번에 핀잔을 줬다.

"이런 저렴한 생각 좀 보소. 가격을 깎는다고? 말도 안 되는 소리지! 이 짓을 왜 하는 줄 몰라 묻는 거냐? 노 바겐세일 이미지가 R 컬렉션의 사활을 결정하는 거야."

나는 그가 조금 더 자세히 설명해주기를 바랐다. 그러나 그는 내 코를 가만히 바라보며 말했다.

"연기가 네 콧구멍으로 들어가는 건 아니잖아! 쓸데없는 생각하지 말고 일이나 똑바로 해."

"네에!"

대답만은 씩씩하게 했다. 그러나 매캐한 냄새가 계속 났다.

R 컬렉션에서 버린 물건은 소각장 저장고에 들어갔다가 다른 폐기물과 섞였다. 저장고에 쌓인 폐기물은 크레인에 의해 소각로로 옮겨지는데, 소각은 980도 이상의 온도에서 이루어졌다.

그날, 메인 윈도에 걸렸던 밍크코트가 소각로로 떨어질 때 살갗이 따가웠다. 그 밍크코트는 내 점퍼 2,000벌을 사고도 남을 가격의 옷이었다. 한마디로 비싸기는 엄청 비싼 옷이지만 사실 그만한 가치가 있는 옷인지는 잘 모르겠다. 가격은 R 컬렉션이 정하는 것이니까. 그런데 코트가 불구덩이 속으로 사라졌을 때 눈앞에서 가죽이 벗겨진 밍크들이 몸을 뒤트는 광경이 환각처럼 펼쳐졌다. 이어 뜨겁고 거대한 다리미에 깔려버린 것 같은 공포가 뒤따랐다.

그날은 일이 끝나자마자 집에 돌아와 쓰러지듯 소파에 누웠다. 목이 컬컬하고 눈이 뻑뻑했다. 눈을 감았더니 귀가 예민해졌다. 이웃집에서 만들어내는 소음들이 구체적인 영상이 되어서 머릿속에 펼쳐졌다. 그때 문이 열리고 바스락하는 비닐봉투 소리가 들렸다. 나는 가까스로 눈을 떴다. 공중에 두 개의 얼굴이 날아다니고 있었다. 엄마와 로라였다. 초점이 맞지 않은 카메라 렌즈처럼 눈앞이 뿌옇게 변했다.

"쟤는 왜 저러고 자는 거야?"

엄마는 내게 주었던 눈길을 거두고 마트 로고가 찍힌 비닐봉투 안에서 물건을 하나씩 꺼냈다. 햄, 참치 캔, 라면, 샴푸, 양말과 내의…… 그러고 보면 엄마는 빈손으로 돌아온 적이 거의 없었다. 매일같이 비닐봉투 안에는 반찬거리가 있었고 생필품이 있었고 원 플러스 원 행사에서 얻은 사은품이 있었다. 하지만 오늘 산 건 어제 산 것과 크게 다르지 않았고 내일 살 물건도 특별하지 않을 것이다. 엄마는 고만고만한 물건을 끊임없이 소비하고 있었다. 이번에는 로라의 쇼핑백이 열렸다. 원피스가 튀어나왔다.

"넌 매일같이 뭘 이렇게 사들이는 거니?"

로라가 흥분된 얼굴로 나지막하게 말했다.

"엄마, 이거 지난달 R 컬렉션 메인에 걸렸던 옷하고 똑같은 거야."

엄마는 로라의 손에 있던 핑크색 원피스를 낚아챘다. 그리고 검열관처럼 원피스를 샅샅이 살폈다.

"단추에 이니셜만 없을 뿐이야. R 컬렉션에 이걸 걸어봐도 사람들은 모를걸."

"똑같단 말야?"

"엄마도 참, 내 눈썰미 몰라?"

엄마는 원피스에 코를 묻더니 사냥개처럼 킁킁거렸다.

"횡재했어. 내가 입으면 다들 진품인 줄 알 거야. 가격도 싸서 부담 없어. 한 계절만 입고 그냥 버려도 돼."

로라는 부담스러운 얼굴로 엄마를 보고 웃었다.

'한 계절만 입고 버려도 된다'는 말은 로라에게 '안녕'이나 '잘가'처럼 자연스러웠다. 로라의 옷장에는 빈 공간이 없었다. 사실 엄마의 옷장도 마찬가지였다. 로라와 엄마에게 옷이란 그리 귀한 물건이 아니었다. 옷가지는 여러 이유 때문에, 아니 특별한 이유 없이 의류 수거함에 버려졌다. 엄마는 무덤처럼 쌓여 있는, 곧 버려질 옷들 앞에서 조금은 미안한 표정을 지을 때가 있었다. 하지만 이내 혼잣말을 했다.

"괜찮아, 다 재활용될 테니깐!"

엄마는 자신이 버린 것들이 누군가에게 재활용된다고 철석같이 믿고 있었다. 재활용이란 말은 우리 마음에 찜찜하게 남아 있는 불편함을 단번에 날려버렸다.

클랙슨 소리에 정신이 돌아왔다. 버스 기사와 택시 기사는 여전히 다투고 있다. 다툼은 택시 기사가 한 무더기의 욕을 퍼붓고 신호를 위반하며 줄행랑을 놓는 것으로 끝이 난다. 버스 기사는 몇 마디 궁시렁거리다가 가속페달을 밟는다. 몸이 기울며 차창에 머리가 쿵 부딪힌다. 그 소리에 박자를 맞추듯 문자 메시지 알림음이 들린다. 나의 종달새 주리다.

오빠, 창고에서 오늘도 많이 힘들었죠? 나 힘센데. 내가 가서 도와줄까요?

종달새, 내 사랑 종달새, 내 사랑 귀여운 종달새 주리! 주리를 생각하니 흐뭇하다. 귀엽고 사랑스럽다. 가늘고 기다란 팔과 다리, 피부는 뽀얗고 매끈하다. 콧날은 섬세하고 눈망울은 그윽하다. 외모뿐만이 아니다. 말씨와 행동은 얼마나 보드랍고 재치 있는지.

그런데 이렇게 예쁜 주리를 못생긴 로라가 늘 오징어처럼 씹어댔다.

"혹시라도 주리랑은 엮이지 마!"

"왜?"

"몰라 물어? 걔가 오빨 좋아할 거 같아?"

주리와 사귀고 있다는 사실을 비밀로 해야 했다.

"걔 눈에 오빠가 들어올 거 같아? 까놓고 오빠 볼 게 뭐가 있냐?"

기분이 슬슬 나빠지려는 찰나였다.

"그리고 걔 보기와 달리 성격도 나빠! 얼굴도 다 뜯어고친 거라고."

내가 반응하지 않자 로라는 악의적으로 주리를 모함했다.

"중학교 때 별명이 '파워 숄더'였어. 파워 숄더 알아? 어깨가 떡 벌어지고 덩치가 산만 했다구. 요즘은 한 끼도 안 먹는대. 내가 살 빼봐서 아는데, 걔 그러다 다시 밥 먹기 시작하면 도로 울트라 파워 숄더 돼. 떡대가 이만한."

로라의 말을 들은 엄마는 뭐가 좋은지 킬킬킬 웃었다. 엄마도 주리를 마음에 들어하지 않았다. 여자들이란 도무지 알 수 없는 존재들이다. 로라는 주리와 둘도 없는 친구지만 끊임없이 주리에 대한 험담을 늘어놓고 우리 둘이 사귈까봐 꽤나 전전긍긍한다. 나는 수리가 조울트라 파워 숄더가 돼도 상관없다고 말해주고 싶었다. 그리고 얼굴을 뜯어고쳐도 예쁘지 않은 사람도 많은데 주리는 참 예쁘다. 그럼 된 거다.

로라가 웃음기 가신 얼굴로 나를 면밀히 살피다가 경고하듯 말했다.

"주리한테 남자 친구가 몇 명이었는지 알아? 맘에 안 들면 바로 버리는 애야. 사람을 개 차듯 차버린다고. 나, 오빠가 주리한테 차이는 꼴 진짜 못 본다!"

아무리 주리를 모함해도 내 마음은 변하지 않았다. 주리만큼 나를 잘 이해해주는 사람은 없었다. 특히 현재 내가 하고 있는 아르바이트의 고충에 대해서 누구보다 눈을 빛내며 공감해주는 고마운 사람이었다.

"자원의 낭비. 정말 죄악인 것 같아요. 자기들이 만들었다고 마음대로 마구 버리는 게 말이 되나요. 지구의 자원이잖아요. 어쨌든요, 로민 오빠. 힘들면 언제든 날 불러요! 내가 도울게요."

주리도 로라처럼 지하 창고에 대해 관심이 있어 보였다. 하지만 로라가 산더미처럼 쌓인 고가의 물건에 침을 흘리는 거에 반해 주리는 오로지 내가 힘들까봐 걱정을 하고 있는 거였다.

버스 기사는 노여움을 가라앉히지 못하고 있는 모양이다. 자동문에 기사의 신경질이 실린다. 차 문이 열리고 닫힐 때 그의 분노가 느껴진다. 새로 지어진 고가도로로 버스가 달릴 때 나는 손잡이를 단단히 움켜쥔다. 차창 밖 노을이 유난히 검붉다. 이상도 하지. 나는 노을 사이로 우뚝 솟아 있는 소각장 굴뚝을 본다. 굴뚝 위로 백연이 뿜어져나오는 게 보인다. 바람이 세차게 부는지 연기가 수평에 가깝게 날아간다.

버몬트 씨에게 외투를 준 건 소각장에 가던 어느 날이었다. 박스에 차곡차곡 채운 물건들이 용역 업체의 트럭에 실렸다. R 컬렉션에서 판매가 중단된 물건은 폐기물로 분류되어 소각로로 사라져야 했다. 관리자는 30대 중반이었다. 그는 박스 하나를 겨우 짊어지고 있는 나를 향해 못마땅한 표정을 지었다. 그는 세 개의 박스를 등에 짊어지고는 보란 듯이 앞서 걸었다. 하지만 내가 들고 있는 박스에는 가죽 가방과 신발, 체인이 붙은 벨트가 가득 차 있었다. 그의 박스 안에 든 구름처럼 가벼운 란제리가 아니었다.

그는 언젠가 이런 말도 했다. "연기가 네 콧구멍으로 들어가는 건 아니잖아! 쓸데없는 생각 하지 말고 일이나 똑바로 해!" 나는 반박하고 싶었다. 소각장이 R 컬렉션에서는 30킬로미터 떨어져 있지만 우리 집 베란다에서는 소각장 굴뚝이 엄지만 한 크기로 보이거든요!

소각장이 생길 때 엄마는 머리에 띠를 두르고 피켓 시위를 했다. 엄마는 다이옥신 때문에 우리의 건강이 위협받는다고 부르짖었다. 물론 엄마는 다이옥신만큼이나 아파트값 떨어지는 걸 두려워했다.

트럭으로 짐을 옮기다가 관리자의 표정이 심상치 않은 것을 보았다. 거만하기 이를 데 없는 사람이 왜 그런 표정을 짓는지 알 것도 같았다.

"그래? 이번엔 진짜야? 알았어. 곧 갈게."

그의 아내는 8년 만에 첫 아이를 임신하고 있었다. 얼마 전에도 예정일을 앞두고 아이가 나올 것 같다 해서 근무 중에 외출한 적이 있었다.

"보호자 동의서가 있어야 수술이 가능하대."

권위적이고 신경질적인 그가 어느 순간 내가 보호해줘야 할 아기처럼 연약해 보였다.

"여긴 걱정 마시고 다녀오세요."

덧붙여 그의 아이의 작고 여린 숨구멍으로 매캐한 연기가 스며들지 않기를 진심으로 바란다고 말하고 싶었다.

그가 떠나고, 창고에 있는 물건들이 트럭에 쌓였다. 인부들의 입과 목덜미에서 김이 솟았다. 영하의 날씨였지만 내 목덜미도 땀으로 흠뻑 젖었다. 손등으로 땀을 훔치고 뻐근하게 아파오는 어깨를 주물렀다. 시선이 길 건너로 날아갔다.

R 컬렉션 지하로 내려가는 창고 뒷문에서 도로 하나를 사이에 두고 버몬트 씨가 머무는 육교 밑이 보였다. 직선으로 30미터 거리였다. 바람이 불고 진눈깨비가 날렸다. 나와 달리 버몬트 씨는 엄청 떨고 있다는 생각이 들었다. 동정심이 일었다. 사실 나는 시도 때도 없이 타인에게 연민의 감정을 느꼈다.

얼마나 그렇게 버몬트 씨를 바라보고 있었을까. 나는 지하로 내려와 소각해야 할 의류 중에 손에 잡히는 것을 하나 집었다. 그것은 인형극 할 때나 입을 것 같은 옷이었다. R 컬렉션을 오픈 할 때 손님 유치를 위해 하루 입고 버린 행사 옷 같았다. 어린이 손님이 오는 것도 아닌데 그런 우스꽝스러운 옷이 있다는 게 조금 의아했다. 나는 나름대로의 추리를 끝내고 그것을 둘둘 말아 옆구리에 낀 채 버몬트 씨에게 뛰어갔다.

버몬트 씨의 외투는 지나치게 얇았다. 아니, 한마디로 누더기였다. 고골의 『외투』에 나오는 아카키예비치의 헌 외투가 나타난다면 딱 이런 모습일 것이다. 얼룩지고, 바래고, 해지고, 씻어지고, 크게 구멍까지 나 있었다. 여러 번 덧대어 꿰맨 듯한 팔꿈치는 더 이상 수선이 불가능해 보였다. 문득 R 컬렉션에 걸려 있어야 할 옷은 버몬트 씨의 이런 외투여야 하지 않을까, 하는 생각이 들었다.

나는 버몬트 씨에게 외투를 주었다. 버몬트 씨는 말없이 얼룩무늬 외투를 껴입었다. 우리는 말을 나누지 않았지만 눈으로 뜻을 전했다.

"추운데 입으세요!"

"고맙네!"

한 마리의 얼룩말이 꿈틀거리는 것 같았다. 나는 하마터면 줄무늬를 쓰다듬을 뻔했다. 따뜻하고 부드러운 버몬트 씨의 눈빛을 피하며 나는 창고로 돌아왔다.

돌이켜보면 사달은 거기서 시작된 것이다. 얼룩무늬 외투. 어차피 버려질 외투. 연기로 사라질 외투. 그것을 추위에 떠는 버몬트 씨에게 준 게 이토록 복잡한 일이 될 줄 몰랐다. 지금도 의아하다. 그 얼룩무늬 외투가 소형차 한 대 값을 한다는 것. 그리고 그 괴상한 디자인의 외투가 몇 주 전 메인 윈도에 전시되어 있었다는 것. 톱 탤런트 S양이 그 우스꽝스러운 외투를 입고 드라마에 출연했다는 것.

문제의 옷은 열 벌이 제작되었고 아홉 벌이 팔렸다고 했다. 그러나 버몬트 씨가 입고 있는 옷은 안감과 겉감의 이음새가 들떠서 판매하지 않기로 결정한 거였다. 다행인지 불행인지 버몬트 씨의 옷에는 상표가 붙어 있지 않았다.

버몬트 씨가 얼룩무늬 외투를 입고 있는 걸 처음 알아챈 건 그레이스 케이였다. 그 옷은 그레이스 케이의 작품이었다. 그레이스 케이는 잔뜩 화가 난 얼굴로 버몬트 씨에게 옷을 어디서 구했느냐고 물었다. 성질이 급한 그녀는 버몬트 씨의 대답을 듣지도 않고 옷을 사겠으니 당장 벗으라고 말했다. 버몬트 씨는 그녀를 무례하다고 생각했고, 세상에 있는 모든 돈을 가져와도 절대 벗지 않겠다고 말했다. 버몬트 씨와 오래도록 실랑이를 벌이고 돌아온 그레이스 케이는 관계자들과 회의를 했고, 옷을 유출시킨 자를 문책하기로 했다. 아이 아빠가 된 관리자는 득남의 기쁨도 만끽 못하고 '버몬트 씨 옷 벗기기'의 책임자가 되어야 했다.

"그날 너를 믿는 게 아니었어."

관리자는 나를 향해 이를 득득 갈며 말했다.

버스에서 내리자 R 컬렉션의 메인 윈도가 마주 보인다. 가까이서 보니 칠사와 큐빅과 약간의 가죽으로 장식된 정체불명의 재킷이 걸려 있다. 재킷 뒤편에는 파스텔 톤의 'SPRING'이라는 글자가 날아갈 듯 이탤릭체로 쓰여 있다. 나는 육교 쪽으로 이탤릭체처럼 몸을 기울인다.

나는 옷을 찾기 위해 버몬트 씨에게 세 번 갔다. 정확히 말하자면 두 번은 그를 염탐하러 간 것이다. 마지막에는 오줌 마려운 아이처럼 절절매다가 겨우 입을 뗐다.

"아저씨, 옷 좀 벗어요."

버몬트 씨는 움칫 놀라는 표정이었다.

"다들 왜 이래? 왜들 개떼처럼 몰려와서 옷을 벗으라고 하는 거야? 나는 절대 못 벗어. 이건 내 옷이야. 자네가 나한테 줬잖아."

"제발, 벗으세요!"

"나는 이 옷과 한 몸이 됐는걸. 얼룩말의 심장 소리가 들려. 이 옷은 살아 있어. 내가 이 옷을 벗으면 너희는 이걸 어디로 가져갈 건데? 얼룩말은 그걸 원치 않아. 너희가 온 세상의 금은보화를 싹싹 긁어와도 어림없어. 나는 안 벗을 거야."

버몬트 씨는 우주복을 입은 어린아이처럼 포근해 보였다. 그는 눈을 감고 미동도 하지 않았다. 이따금 얼룩말의 앞발처럼 생긴 소매로 코를 훔칠 뿐이었다. 그때 관리자가 나타나 우리를 노려보았다. 그의 손에는 먹을거리가 든 종이백이 들려 있었다. 그는 복화술을 하는 것 같았다.

"너 하나 때문에 여러 사람 피곤해졌어."

관리자는 버몬트 씨 앞으로 가서 종이백을 던지듯 내려놓았다. 종이백 안에 있던 도넛과 음료수가 바닥에 뒹굴었다. 버몬트 씨는 불쾌감을 감추지 못하고 관리자를 쏘아보았다. 그러고는 나를 이 따위 음식 나부랭이로 어찌해볼 생각이었다면 당장 꺼지라고 소리쳤다. 인내심에 한계를 느낀 관리자가 내 귀를 잡아당긴 후 작게 으르렁거렸다.

"저딴 놈 옷 벗기는 거 식은 죽 먹기야. 하지만 순리대로 일을 풀려는 거야. R 컬렉션은 시끄러운 걸 싫어해. 결자해지라고 했어. 일을 저지른 놈이 해결해야잖아. 무슨 말인지 알겠어? 니가 먹은 밥그릇을 내가 설거지할 순 없단 말이야. 잘 생각해. 외투를 사간 사람들이 고객센터에 환불을 요구하고 있어. 걸인이 왜 자기와 같은 옷을 입고 있느냐고. 거지 새끼한테서 저 옷을 못 벗기면 환불을 해줘야 해."

그는 내 귓불을 아그작아그작 씹어 삼킬 기세였다.

로라도 매장에서 비슷한 항의 전화를 받았다고 했다. 로라는 천연덕스럽게 "그 부랑자가 입은 건 모조품, 짝퉁이에요. 라벨이 없을 거예요!"라고 말했단다. 문득, 머릿속으로 불량배들한테 끌려가서 두들겨맞고 단박에 벌거숭이가 되는 버몬트 씨의 모습이 그려졌다. 관리자가 사라지고 나는 울 듯한 표정으로 버몬트 씨를 내려다보았다.

"아저씨!"

"싫다니깐! 얼룩말의 심장 소리를 들은 사람은 옷을 벗을 수 없어."

"아저씨가 그 옷 안 벗으면 저 정말 큰일나요."

버몬트 씨는 들은 척도 안 했다.

"선의를 베푼 사람한테 이럴 수 있어요?"

"너야말로 줬던 걸 빼앗는 건 말이 된다고 생각하니? 치사한 놈 같으니라구."

버몬트 씨가 갑작스레 날린 혹에 나는 정신을 잃을 뻔했다.

육교 아래에 서서 다시 용기를 낸다. 그런데 버몬트 씨는 보이지 않고 그가 깔고 앉았을 과자 박스 몇 개만 자리를 지키고 있다. 그는 어디로 갔을까. 나는 기다려보기로 한다. 이번엔 무슨 일이 있어도 그의 외투를 벗길 것이다. 비장한 마음으로 내 점퍼를 벗는다. 내 옷과 바꾸자고 해야지. 얇은 후드 티셔츠에 청바지 차림의 나는 옷을 벗자마자 연달아 재채기를 한다.

"이깟 추위. 뭐 괜찮아."

나는 손등으로 코를 닦아 바지에 쓱 문지른다. 하지만 다시 재채기를 하고 사시나무처럼 볼썽사납게 몸을 떤다. 나는 정말 괜찮지 않다는 생각이 든다. 일단, 버몬트 씨가 오면 주기로 하고 점퍼를 다시 껴입는다.

그와 진솔한 대화를 나누고 싶다. 거리의 철학자 버몬트 씨는 말이 통하는 사람이다. R 컬렉션에서 일하는 사람들보다 인간답게 말할 줄 안다. 상대의 마음도 헤아릴 줄 안다. 내 이야기를 들으면 마음을 돌릴 수 있을 것이다. 그는 정말 순순히 얼룩무늬 외투를 벗고 내 점퍼를 입어줄 것이다. 내가 얼마나 심각한 상황인지 분명히 이해할 것이다. 아, 이 말도 꼭 보태야겠다. 만약 당신이 옷을 벗지 않는다면 9,820원이 전 재산인 나 같은 애는 그냥 죽을 수밖에 없다고.

아, 아버지! 갑자기 오랫동안 못 본 아버지가 보고 싶다. 아버지는 호두가구에서 무엇을 만들고 있을까. 분명한 건 아버지는 지구의 자원을 함부로 소각하는 사람이 아니라는 것이다.

30분쯤 버틴 것 같다. 육교 밑에서 찬바람을 맞고 버티자니 이제는 머릿속 생각까지 얼어버리는 것 같다. 아무 생각도 떠오르지 않는다. 몸을 조금 움직였을 뿐인데 관절마다 얼음끼리 부딪치는 소리가 난다. 버몬트 씨는 어디로 갔을까. 그는 얼룩말을 데리고 영영 돌아오지 않을 모양인가.

바람이 분다. 건물에 붙어 있는 플래카드들이 일제히 후루룩 소리를 낸다. 나는 바람에 밀려 지하도로 내려간다. 눈동자를 녹여야 한다. 나는 10미터 전방만 바라본다. 눈을 좌우로 돌리려면 온기가 필요하다. 단단히 얼어버린 내 눈동자. 지하도 중간쯤에 이르자 점퍼 속에 밀어넣었던 목이 조금씩 올라온다. 그때다. 추레해 보이는 남자가 내 눈으로 찌를 듯 밀려들어온다. 버몬트 씨다.

그의 연구소가 육교에서 지하도로 이동한 것은 추위 때문일 것이다. 아주 탁월한 선택이다. 진작 지하도로 내려와볼걸 그랬다. 나는 하도 반가워 버몬트 씨 뺨에다 키스라도 퍼붓고 싶다.

"아저씨, 안……녕……."

그런데 그의 얼룩말이 보이지 않는다. 그를 따뜻하게 보호해 줬던, 침낭 같던 그의 외투는 어디로 사라졌을까. 그는 예전의 그 아카키예비치의 낡은 외투를 입고 있다. 내가 다가가자 박스 위에 쪼그려 앉아 두 손을 다리 사이에 쑤셔넣고 몸을 앞뒤로 흔들며 알아듣기 힘든 말을 주저리주저리 늘어놓는다. 술에 취해 있는지 얼굴이 벌겋게 상기되어 있다. 옷은 어땠어요? 나는 다그치듯 물어야 한다. 그때 그가 고개를 든다. 내 눈과 정면으로 마주친다. 핏발 선 그의 눈은 분노로 이글거린다. 그의 분노는 아직 얼지 않았다. 그런데 그가 고개를 모로 휙 비튼다. 그의 입도 덩달아 비틀어진다.

"줬던 것 빼앗는 게 얼마나 치사한 짓인지 알아?"

"아저씨, 옷 어땠어요?"

"치사한 것들."

"옷 어땠냐고요?"

"몰라. 사라졌어."

"거짓말 마시고요! 아저씨, 그 옷 안 가져가면 저 정말 죽어요."

"자고 일어나니 없어졌어. 거짓말 같니? 누가 벗겨간 거야."

이런 어처구니없는 일이 다 있나! 나는 화가 머리끝까지 나서 지하도 벽을 주먹으로 친다.

"자고 일어났는데 없어졌다고요? 그게 말이 돼요?"

"누가 내 친구를 훔쳐간 거라고. 옷을 벗겨가면서 내가 얼어 죽든 말든 신경도 안 썼어."

"누가 벗겨간 거예요?"

"네가 잘 알 거 아니냐."

"……."

"제기랄. 얼룩말의 심장 소리가 안 들려. 그 애는 자기 고향으로 가고 싶다고 했는데, 태어난 그곳으로. 그런데 그 애의 심장이 멈췄다. 오, 얼룩말, 내 친구!"

"도대체 뭔 소리예요?"

"아, 이런. 자자, 들린다. 그 애가 말한다. 자기는 '씨'로 변했다고."

"무슨 헛소리예요?"

다리에 힘이 빠져 의지와 상관없이 버몬트 씨 옆에 털썩 주저 앉고 만다. 그가 박스를 하나 빼서 내 엉덩이 쪽으로 밀어준다. 지나가던 행인이 내 앞에 천 원짜리 지폐 한 장을 던져준다. 이 로써 내 재산은 10,820원이 되었구나. 나는 한참을 침묵하다가 버몬트 씨에게 묻는다.

"얼룩말이 '씨'로 변했다고요? '씨앗' 말인가요?"

"씨앗 말고 그냥 알파벳 씨로 변했단 말이다. 그냥 씨."

C란다. C는 정말 익숙하지 않은가. 지지난 학기 성적표는 C 밭이었다. 또 C는 주기율표에서 탄소를 의미한다. 탄소를 떠올 리자 소각로가 떠오른다. 소각로를 떠올리자 내가 실어다 버린 수많은 물건들이 떠오른다. 나는 고개를 들고 지하도 광고판을 훑는다. 저 무수한 알파벳들. Credit, Card, Capital……

보폭은 10센티미터를 넘기고 싶지 않다. 여전히 얼음인 채로 버스를 타고 집으로 향한다. 발이 떨어지질 않는다. 차창 밖으로 희부염한 연기를 내보내고 있는 소각로의 굴뚝을 바라본다. 이 제는 아무것도 생각하고 싶지 않다. 고민과 근심이 얼어버렸으 면 좋겠다.

의류 수거함이 보인다. 검정색 재킷이 수거함 입구에 매달려 있다. 수거함에 넣지 못한 의류가 커다란 비닐봉투 안에 담겨 있다. 누군가가 방금 내다버린 모양이다. 파란색 치마, 빨강색 반바지, 검정색 티셔츠, 보라색 블라우스가 넝쿨처럼 뒤엉켜 있다. 누군가는 저것들의 운명을 계획했을 것이다. 나는 대단한 것을 알아낸 것처럼 고개를 끄덕거린다.

실체를 알 수 없는 프로그램에 의해 내 운명의 레벨이 정해진 것 같다. 빠르게 회전하도록 설계된 거대한 트레드밀 위에 뚱뚱한 고양이가 서 있다. 로라가 서 있다. 엄마가 서 있다. 관리자가 서 있다. 그레이스 케이가 서 있다. 내가 서 있다. 그런데 버몬트 씨는? 버몬트 씨가 서 있는 곳은 어디일까? 이마에 손을 가져다 댄다. 열이 오르고 있다.

집으로 돌아오자 로라와 엄마가 묻는다.

"벗겼니?"

나는 대답 대신 고개를 끄덕인다. 엄마 얼굴에 안도의 빛이 스친다. 로라가 내 손을 끌어 컴퓨터 책상 앞에 앉힌다. 버몬트 씨의 수심에 찬 얼굴이 모니터 화면에 가득 차 있다. 얼룩무늬 외투를 입고 있는 버몬트 씨. 연관 검색어에 'R 컬렉션'과 '그레이스 케이'가 뜬다. 사진 밑에는 짧은 글들이 빽빽하다. 한 목소리로 추위에 떠는 버몬트 씨에게 옷을 보낸 R 컬렉션을 칭찬하고 있다.

로라가 조심스러운 얼굴로 나를 올려다본다.

"어쨌든 오빠가 벗겼으니까 문제될 건 없겠지?"

"글쎄…… 알다가도 모를 일이야."

메일이 도착했다는 알림음이 들린다. 귀염둥이 나의 종달새. 로라가 물을 마시러 주방으로 갔을 때 메일을 열어본다.

단도직입적으로 말할게요.

오빠, 나 R 컬렉션 창고에 들어가보고 싶어요.

오늘 인터넷 기사 보고 엄청 놀랐어요.

거지가 입은 옷 있잖아요. 나 그거 정말 갖고 싶어요.

궁금해서 잠이 안 와요. 그냥 다 궁금해서.

오빠, 혹시 남는 옷 저한테 줄 수 없나요?^^

나는 마우스로 X표를 눌러 메일함을 닫는다. 주리가 내 심장에 날카로운 물체로 X표를 긋는 것 같다. X X X X X……. 나는 침대에 누워 이불을 머리끝까지 올린다. 무릎을 접어 몸을 동그랗게 만다. 무릎에 닿은 코끝에서 뜨거운 김이 뿜어져나온다. 눈을 감는다. 후끈한 열기가 밀려온다. 나는 소각로에 있다. 시뻘건 불구덩이가 나를 향해 입을 쩍 벌린다. 불의 소용돌이가 나를 덮친다. 나는 분해될 것인가. C C C C……. 소각로를 지나 도착하는 곳에서 버몬트 씨의 얼룩말을 만날 수 있을까.

애드밸리

R 컬렉션에서 해고된 후 편의점 아르바이트를 시작했다. 편의점은 신도시인 애드밸리의 중심에 있다. 그런데 새 일자리에 대한 이야기에 앞서 해고라는 말에 덧붙이고 싶은 게 있다. 나는 당일로 쫓겨났다. 엉덩이를 걷어차인 것처럼.

이유는 두 가지였다. 하나는 머저리 오빠가 소각해야 할 옷을 육교 밑에 사는 거지한테 갖다준 일이 화근이 된 것이고, 다른 하나는 그레이스 케이의 고양이가 나의 만행을 낱낱이 고한 일 때문이다.

그레이스의 고양이를 괴롭힌 건 인정해야겠다. 나도 모르게 그랬다. 나도 왜 그랬는지 정말 모르겠다. 나는 비만 고양이를 트레드밀 위에 올려놓고 속도를 올렸다. 트레드밀이 움직이니 뚱보 고양이는 어쩔 수 없이 달려야 했다. 그 결과 두 달 만에 12킬로그램이 나가던 고양이의 체중이 6킬로그램으로 줄었다. 수의사는 감탄 섞인 목소리로 여전히 과체중이긴 하지만 대단히 성공적인 감량이라고 말했다. 나는 재미가 붙어 고양이의 체중 감량에 집중했다. 사고가 있던 날, 시속 12킬로미터로 속도를 올렸다. 고양이는 3분쯤 달리다가 푹 쓰러졌다. 눈 깜짝할 사이에 고양이는 바닥으로 나동그라졌다. 나는 기절해 있는 고양이의 얼굴을 사정없이 때렸다.

"야, 송아지! 아니, 고양아!"

고양이한테서 단백질 타는 냄새가 났다. 이보다 불길한 냄새는 없을 것이다. 그때까지만 해도 몰랐다. 고양이 꼬리가 일부 잘려나간 것을.

동물병원에서 고양이를 치료한 다음 그레이스에게 사고 소식을 알렸다. 맨 처음 그레이스는 눈물을 글썽이며 "어쩜 좋아"라는 말만 반복했다. 그러고는 신속하게 병원에 데려간 것은 잘한 일이라고 칭찬했다. 그러나 주인에게 안긴 고양이는 나를 노려보며 하악, 거렸다.

다음 날, 날벼락이 떨어졌다. 그레이스 케이는 CCTV를 통해 내막을 알게 되었다.

고양이는 내 병문안을 받고 불안 증세를 보였다. 그리고 그레이스는 반려묘의 체중을 줄여준 나의 노고에 대한 고마운 마음을 잊었다.

"네가 감히 우리 아기한테!"

그레이스는 로민이 저지른 일과 내가 자신의 고양이를 학대한 일로 인해 정신적, 물질적 피해를 입었다며 내용증명을 보냈다. 나, 솔직히 내용증명 따위 안 무서워하고 싶다. 예전에도 받아본 적이 있으니까.

"아가씨, 계산 안 해요?"

손님을 잊고 있었다. 바코드 리더기로 일회용 면도기와 즉석만두를 검문한다. 이어 순서를 기다리고 있던 삼각김밥을, 컵라면을, 하이네켄을 검문한다. 계산을 끝낸 후 리더기를 가만히 내 손목 위에 대본다. 푸른 정맥이 뭐라 소리쳤지만 리더기는 붉은 눈빛만 반짝거린다.

"로라 씨!"

점주의 짜증스러운 얼굴이 보인다. 아니, 그의 턱이 보인다. 냉동고에서 방금 꺼낸 알루미늄 캔처럼 차가운 턱이 나를 힘주어 부른다.

"로라 씨!"

그의 턱이 다트처럼 날아가 편의점 바깥 거리의 한 지점에 꽂힌다. "네? 왜요?"라고 물으면 그의 턱이 나에게 꽂힐지 모른다. 재빠르게 창고로 가서 플라스틱 빗자루와 쓰레받기를 가지고 나온다.

전단지가 쓰레기통을 가득 채우고 바닥에 흩어져 있다. 바람이 불자 흩어져 있던 것들이 편의점 앞으로 몰려든다. 나는 슬금슬금 기어오는 전단지를 비로 쓸어 포대자루에 넣는다. 무섭게 밀려오는 애드밸리의 진단지들. 비질을 열심히 할수록 선난지는 갈강갈강 숨을 몰아쉬며 나를 향해 더 빠르게 달려든다.

지난 연말에는 얼마나 많은 전단지가 뿌려졌는지, 아니 얼마나 많은 바람이 불어왔는지 문 앞까지 밀려온 전단지 때문에 유리문을 열 수가 없었다. 도와주세요. 전단지 때문에 문이 열리지 않아요. 점주가 없었다면 나는 119에 도움을 요청했을 것이다.

점주는 애드밸리 지하 주차장에 무시무시하게 큰 펌프가 있다고 했다. 그는 펌프가 바람을 만들어 지상으로 올려 보낸다는 말도 덧붙였다. 점주는 마치 펌프를 살아 있는 생물체처럼 표현했다. 펌프는 몇 마리인가요? 애드밸리에 바람이 왜 필요한가요? 점주는 자신도 아는 바가 없다고 무뚝뚝하게 말했다. 나는 지하에 있다는 펌프를 상상했다. 펌프가 만들어내는 무시무시한 바람에 대해서도……. 그러나 도무지 알 수가 없었다. 바람은 무엇인가. 펌프를 설계한 사람들은 누구인가.

사람들은 신도시의 중심 상가를 애드밸리라고 불렀다. 애드밸리는 우묵하게 파인 지형의 가장 중심에 위치했다. 그 중심으로 전단지들이 모여들었다. 어떤 날은 낙엽처럼 쌓였다. 그대로 뒀다간 거리를 전단지의 무덤으로 만들어버릴 것도 같았다. 생각해보니 내가 자명종 증후군에 걸린 게 어쩌면 전단지 때문일 수도 있겠단 생각이 들었다.

분노가 치솟으면 나는 자명종이 된다고 느낀다. 심장을 터뜨릴 것처럼 크고 거친 소리가 몸 안에서 울린다. 당장이라도 나를 터뜨릴 것 같은 소리다. 나는 나를 더듬어야 한다. 내 몸 어딘가에 분명히 꺼짐 버튼이 있기 때문이다. 물론 버튼을 찾지 못하는 날도 있다. 결국 나는 비명을 지르고 만다. 엄마는 내 사정도 모르고 말한다. 아이고, 저 미친 것 또 시작이구나.

지난주에 있었던 일이다. 점주는 턱짓을 했고 나는 그의 요구대로 청소 도구를 챙겨 나갔다. 영차영차. 전단지들이 기어오고 있었다. 내가 전단지에 깔려 죽더라도 펌프는 바람을 멈추지 않을 것이다. 내 마음을 눈치챘는지 전단지들이 나를 비웃었다. 키득거리는 웃음소리가 멈추지 않았다. 심장 어디쯤에 자명종이 생겨났다. 화를 가라앉히는 게 중요했다. 똥을 참듯이 화를 참아보기로 했다. 이를 악물고 괄약근을 중심으로 내 몸을 이루고 있는 근육들의 긴장을 잠시도 놓지 않았다. 내 입에서는 *끄음끄음*, 앓는 소리가 절로 나왔다. 나는 전단지를 버리는 전용 쓰레기통에 그것들을 넣었다.

"쟤 로라 아냐?"

"실마. 쟤가?"

나는 나직하게 내 자신에게 명령했다. 뒤를 돌아보면 안 돼. 절대로 반응해서는 안 돼! 하지만 마음과 다르게 나는 낚싯줄에 매달린 인형 같았다. 의지와 상관없이 등을 돌렸고, 교복을 멋대로 줄여 입은 여자애들이 아이스크림을 먹는 걸 보고 말았다. 그 애들은 아이스크림을 문 채로 나를 찬찬히 훑어보았다. 한 아이가 뱉듯이 말했다.

"로라 맞네!"

그들이 나를 '도라'나 '소라'로 봐주었다면 얼마나 좋았을까.

어리석게도 나는 물었다.

"로라가 네 친구입니까?"

가장 오른쪽에 있는 아이가 손에 쥐고 있던 아이스크림을 툭 떨어뜨렸다.

"넌 또 왜 그걸 바닥에 버리십니까?"

나는 쓰레받기에 아이스크림을 담았다. 아이들이 정지된 상태로 나를 보았다.

"가자. 나, 수학 학원 가야 해."

그중 한 아이가 말했다.

믿거나 말거나 몸에 찐 살처럼 내 음성에도 살이 붙었다.

달마다 체중이 늘었다. 1킬로씩, 때론 2킬로씩. 44 사이즈의 날씬한 몸을 가졌던 나였는데. 이제는 라지 사이즈도 터질 것 같이 꽉 끼었다. 호두가구가 망하고 집안이 어려워질수록 체지방이 쌓였다. 경제적 어려움과 체지방의 증가는 분명히 비례 관계가 있다. 뿐만 아니라 경제적 어려움과 고독감도 비례 관계가 있다. 빌어먹을 비례식이다. 나는 자주 허기졌다. 그 때문이다. 언젠가부터 폭식하는 습관이 생겼다. 폭식 후에는 더 큰 고독감이 밀려왔지만 당장의 고독 앞에서 무릎을 꿇을 수밖에 없었다.

편의점 손님은 쉬지 않고 스며들어온다. 문이 열리고 닫힐 때마다 울리는 금속음이 어떤 때는 5초 간격으로 들린다. 점주는 그렇게 손님이 들어와야 애드밸리의 비싼 월세를 감당하고 겨우 수지를 맞춘다는 말을 했다. 그러고는 주술사 같은 표정을 지었다. 손님들아, 손님들아, 이리로 이리로 밀려오세요.

나는 바코드 리더기를 꼭 쥐고 커피우유를, 새우칩을, 냉장족발을 검문한다.

오징어 같은 금요일 오후 일곱 시, 통유리 너머의 거리를 본다. 애드밸리로 몰려드는 사람들은 오징어에 들러붙는 개미 떼 같다. 그들이 지나가는 거리마다 바람이 불고 전단지가 흘러다닌다. 행인들 사이를 파고드는 바람은 비릿한 악취의 입자를 뿌린다.

눈코 뜰 새 없이 바쁘다는 말은 이럴 때 해야 한다. 화장실에 다녀오고 싶지만 계산대를 비울 수 없다. 속눈썹이 눈을 찌르고 있는데 거울 한 번 살필 시간이 없다. 말도 없이 그만둔 아르바이트생 때문이다.

계산대 안은 참호와 같다. 점주와 나는 계산대라는 구덩이에 몸을 반씩 숨기고 밀려오는 적들을 감당해야 한다. 적들은 잡다한 것들로 우리를 공격한다. 우리는 신속하고 정확하게 적들의 물건을 수색한다. 적들은 대체로 빠르게 편의점을 빠져나가지만 간혹 라면을 먹거나 마른안주를 구매해서 맥주를 마시는 사람들도 있다. 나는 그들이 "뜨거운 물이 안 나와요!" 하고 공격해올

때 "내가 알게 뭐예요!"라고 소리친 후 단거리선수처럼 빠르게 도망치고 싶다.

점주는 나에게 또다시 요청한다. 문 앞으로 몰려드는 전단지를 어떻게 좀 해보라고. 지형이 문제인지, 지하의 펌프가 문제인지 도통 모르겠다. 나는 머뭇거리지 않는다. 점주의 눈 밖에 나는 걸 원하지 않기 때문에. 그러니 서둘러 전단지를 치워야겠지. 이곳은 다른 편의점보다 시급이 800원이나 많다. 더럽고 치사하지만 내가 참는 이유다.

"로라 씨, 저 학생들은 누구지?"

점주가 묻는다. 나는 통유리 너머로 시선을 옮긴다. 어울리지 않는 화장을 한 여중생들이 우리를 보고 있다. 나는 저 못난이들이 누군지 알 것 같다. 저들은 과거의 내 리뷰에 별을 쏴준 팬들일 것이다. 나는 점주한테 대수롭지 않다는 듯 말한다.

"점주님…… 신경 쓰지 마세요. 제 팬들인데요……."

점주는 느닷없이 웃음을 터뜨린다. 1년 치, 아니 10년 치 웃음을 터뜨리는 것 같다.

"참 재밌는 사람이네, 로라 씨……."

내가 재밌는 사람이라고요? 잘 봤어요. 나는 많이 재미있던 사람이에요.

여중생들은 자리를 뜨지 않는다. 그 애들은 나를 힐끔거린다. 나를 좀 잊어줘. 제발, 나를 잊어달란 말이다. 나도 여중생들을 흘끔거린다. 그런데 그중 한 아이가 용기를 내 다가온다. 정말 미치겠다. 나는 비질을 세차게 한다. 여자아이가 더 바짝 다가온다. 나는 이를 물고 고개를 쳐든다. 단박에 저 애들을 물리칠 문장을 생각한다.

나 좀 조용히 살게 해줄래? 나 리뷰왕 이제 안 하는 거 몰랐니? 나는 고개를 가로저으며 가장 나다운 말을 찾는다. 꺼져라.

"저기 언니……."

"……."

못 들은 척 비질을 한다. 그때 유리 너머로 점주가 이쪽을 보는 게 느껴진다. 적지 않게 신경이 쓰인다.

"저기, 언니 있잖아요."

상냥한 표정을 지어보려고 애쓰자마자 안면 근육이 발광할 거 같다.

"마일드 세븐 한 갑만 사다주시면 안 돼요?"

여중생들이 간절한 눈으로 나를 보고 있다. 나는 멍하니 있다가 그건 안 되는 일이랍니다, 하고 말한다. 나는 내 말이 너무 어색하다는 걸 알고 있다. 고분고분했던 여중생들은 불쾌감을 숨기지 못한다. 밤이 어둡고 행인이 지금보다 적다면 그 애들은 순식간에 나를 납작하게 만들 수 있을 것 같다.

"부탁할게요. 좀 사다줘요."

자못 위협적이기까지 하다. 열이 훅 오른다. 이럴 때는 맞짱만이 최선인가.

"야!"

우렁찬 소리가 들린다. 그런데 그 목소리의 주인은 내가 아니다.

"너희! 광동중학교지?"

로민이다. 아이들은 로민의 질문에 약간은 기가 죽은 것 같다.

"정혁 선생님 알아?"

여중생들은 서로의 얼굴을 바라본 후 고개를 가로젓는다. 그러더니 슬금슬금 사라진다.

나는 로민을 물끄러미 본다.

"감히 내 동생한테."

내가 참 잘했어요! 라고 칭찬이라도 해줄 줄 알았나.

"교복 보니 광동중이고 정혁은 내 친구 이름인데, 그냥 불러본 거야."

로민이 흐뭇하게 웃는다.

"누가 물어봤냐?"

내가 궁금한 건 로민이 왜 여기에 나타났느냐는 것이다. 그걸 물으려 하자 그가 편의점 문을 밀고 들어가버린다. 유리 너머로 보니 그는 예의 바르게 점주에게 이력서를 내밀고 몇 마디 말을 나눈다. 내가 무단으로 일을 그만둔 사람 때문에 힘들다고 푸념을 하자 그는 자신이 그 일을 할 수 없겠느냐고 물었다.

편의점 밖으로 나오는 로민에게 눈빛을 준다. 딴 데 알아봐. 여긴 꿈도 꾸지 마.

나는 점주에게 로민과 힐언판세라고 말하지 않는다. 로민은 곰돌이가 그려져 있는 두터운 터틀넥을 입고 왔다. 점주는 연락을 취하지 않을 것 같다. 나라도 초등학생 취향의 곰돌이 티셔츠를 입고 어벙한 표정을 짓는 사람을 아르바이트생으로 쓰지 않을 것이다.

비질에 속도가 붙는다. 반복은 이래서 중요하다. 나는 이제 제법 전단지를 잘 쓸어담는 여자가 된 것이다.

검정 비니를 쓴 남자가 내 앞으로 지나간다. 검정 비니와 나는 여러 번 눈이 마주쳤다. 그는 피로에 찌든 얼굴로 나를 흘끔 바라본 후 행인들에게 전단지를 준다. 몇몇은 그의 전단지를 거부하고 몇몇은 받아든다. 전단지를 받아든 행인들이 몇 발자국

옮기지 않아 슬그머니 그것을 버린다. 철제 쓰레기통 속에, 나무 벤치 위에. 바람이 기다렸다는 듯이 불어온다. OJ 헬스, 글로리아 안마방, 칸나 마사지, 꽃불 갈비집, 아고조아 대리운전이 와글와글 소리를 내며 나에게 달려든다.

검정 비니는 내가 일하는 편의점 앞에서 전단지를 돌린다. 그는 파란 바탕에 흰 별이 그려진 오버사이즈 셔츠를 입고 있다. 어제는 흰 바탕에 붉은 줄무늬 셔츠를 입고 있었다. 성조기로 두 벌의 셔츠를 만들어 입으면 딱 저 모양일 것이다. 내 몸 속에서 따락따라락 소리가 들린다. 쇠그릇에 쇠구슬을 넣고 흔드는 소리 같다.

"아저씨!"

그의 얼굴이 내 눈 앞으로 바짝 다가온다. 피부색은 거무튀튀하고 입술은 터지고 갈라져 있다. 버릇인지 그는 아랫입술을 꾹 물고 있다. 문득, 그가 자신의 아랫입술을 우걱우걱 씹어먹는 상상을 한다.

"……아저씨가 뿌리는 전단지요."

"……."

"그 쓰레기가 이리로 다 오잖아요."

"……."

"이걸 하루에도 몇 번씩 치우는 줄 아세요? 이 일에 대해 어떻게 생각하세요?"

그는 내 말을 듣고 있는 것 같지 않다. 게다가 그의 눈동자는 텅 비어버린 것 같고 아무 감정이 없는 사람 같다. 슬픔이나 분노, 기쁨과 즐거움, 두려움이나 노여움 따위를 느껴본 적 없는 사람처럼.

"제 말이 뭔지 아시죠? 아저씨가 편의점 앞에서 전단지를 막 뿌리면 그걸 내가 치워야 한다고요."

그의 눈빛이 돌연 날카롭게 변한다.

"……그래요. 사정이 어찌 됐든지 나 때문이라면 죄송하게 됐수다."

그의 목소리는 헬륨 가스를 마시고 내는 소리 같다. 그가 갑자기 웃는다. 컄캬르컄캬르륵……. 검게 그을린 그의 뺨이 씰룩거린다. 그러더니 돌연 나에게 전단지를 불쑥 내민다. 나는 멍청한 표정으로 엉겁결에 전단지를 받아든다.

"하모니 호프입니다. 하단에 십 프로 할인 쿠폰이 있습니다."

와이셔츠를 입은 한 무리의 남자들이 애드밸리의 중심부로 흘러들어온다. 거리에서 진을 치고 있던 또 다른 비니들이 신속하게 알록달록한 전단지를 행인들에게 뿌린다.

"한우, 갈빗살, 가격 파괴입니다."

하늘색 와이셔츠가 전단지를 받아쥐고 묻는다.

"갈빗살만 가격 파괴예요?"

"다른 메뉴도 할인 행사 중입니다. 개업 기념으로."

"김 대리, 고기 어때? 오늘은 육군으로 가지."

비니가 식당을 가리킨다. 와이셔츠들이 비니가 가리킨 쪽으로 흘러간다. 또 다른 비니들이 전단지를 뿌린다.

애드밸리의 호객 행위는 경쟁적이다. 개업한 중국집에서 전단지를 배포하면 경쟁 가게에서는 다음 날 더 많은 양을 뿌린다. 또 그다음 날, 질세라 새로 문을 연 가게 역시 만만치 않은 전단지를 뿌린다.

비니를, 아니 전단지를 찡그린 눈으로 본다. 순간 고열량의 음식 목록이 떠오른다. 내가 먹을 음식의 칼로리는 대충 따져봐도 3,500이 넘을 것 같다. 무기력과 식욕에도 비례 관계가 있다. 일을 끝내면 분식집에서 주문한 음식들을 가지고 귀가할 것이다. 내가 섭취한 탄수화물 덩어리는 빠른 시간 안에 지방으로 축적될 것이다. 다 먹고 나면 비애감이 느껴질 것이다. 그러나 정말 요즘은 어쩔 도리가 없다.

집에는 아무도 없다. 그들은 어디에 갔나. 마트에서 해고된 엄마는 웬일인지 유유자적이다. 로민도 늘 그랬듯 설렁설렁 지내고 있다. 이 집안에서 가장 바쁜 건 나뿐이다.

엄마는 지난밤 말했다.

"로라야, 월급날이 언제니? 관리비를 먼저 내면 안 될까?"

무슨 말 같지도 않은 소리를 하느냐는 듯이 바라보자 엄마는 빙그레 웃었다.

"기쁜 소식이다. 아빠가 이달 말에 미수금을 받는대. 얼마가 될지 모르겠지만 말이다. 일단 네가 관리비를 내면 돈 들어오는 대로 엄마가 갚을게."

나는 한숨을 몰아쉰 후 알았다고 했다. 만약 내가 거부한다면 어땠을까. 네가 지은 죄를 네가 알렸다? 시시콜콜 과거의 실수를 끄집어내서 나를 괴롭혔겠지.

식탁 위에 사온 음식을 차려놓고 집에서 가장 큰 포크를 찾는다. 삶은 고기를 건져낼 때 사용하던 크고 날카로운 포크다. 나는 포크로 튀김을 찍는다. 튀김 허리가 폭신하다. 떡볶이와 순대와 김밥과 튀김과 어묵을 찍는다. 입안 가득 넣고 우물거려 본다. 도어록 비밀번호 누르는 소리가 들렸지만 나는 음식에만 집중한다. 발소리는 두 종류다. 바닥을 끌며 걷는 엄마와 걸음이 빠른 로민. 그들은 어느새 내 맞은편에 서 있다.

"얘, 체할라. 천천히 먹어."

엄마한테서 술 냄새가 난다. 나는 로민의 붉은 얼굴을 본다.

"둘이 술 마셨어?"

"응, 한잔했다."

엄마가 코트를 벗어 식탁 의자에 걸친 후 소파에 털썩 주저앉는다. 엄마 옆에 앉은 로민은 늘어지게 하품을 해댄다. 그러고보니 요즘 들어 엄마와 로민은 단짝처럼 붙어다니고 있다.

"관리비 낼 돈도 없다면서 무슨 술이야?"

내가 한껏 비아냥거린다.

"아빠 공장이 조금 나아지는 것 같아."

엄마의 얼굴에 활기가 느껴진다.

"확실해?"

"네 아버지가 거짓말할 사람은 아니잖니."

엄마의 이런 말투, 참 오랜만이다.

"나도 아르바이트 해야지. 하난 구했는데…… 참, 너희 편의점에 나 안 될까? 점주한테 말 좀 잘해봐."

로민의 말에 나는 포크를 움켜쥐고 피식 웃는다.

"알바를 두 개 한다고? 아, 이러다 우리 집 떼부자 되겠다."

떡볶이를 입에 넣고 우물거리다가 냉장고 속에 있던 삼각김밥을 꺼낸다. 점주가 유통기한 때문에 팔지 못하는 음식은 먹어도 좋다고 해서 챙겨온 것이다.

"상한 거 아니야? 날짜 보고 먹어."

엄마가 인상을 찌푸리며 말한다.

"냉장고에 둔 거라 괜찮아."

"냉장고가 만능이니?"

포크는 규칙적으로 음식을 입안으로 밀어넣는다. 내 의지와 상관없이……. 포크는 포크이고 나는 나일 뿐. 치아는 의무적으로 저작 운동을 한다. 팔과 다리, 손가락과 발가락은 물론 입과 항문, 목구멍과 위장은 내 의지와 상관없는 것들이다.

"그만 먹어. 너 그렇게 먹다 죽어."

포만감이 불쾌감으로 넘어간 순간이다.

"살 뺀다고 닭 가슴살만 처먹을 때는 언제고…… 내 속으로 낳았지만, 도대체 저 속을 알 수가 없으니."

자명종은 진즉 울렸어야 한다.

"내가 왜 이렇게 됐는데?"

몸을 벌떡 일으켜 세우자 의자가 뒤로 넘어간다.

"왜 그렇게 되셨는데요?"

엄마가 빈정거린다.

"엄마는 진짜 몰라 물어?"

"몰라 묻지, 알고 물을까봐."

숨이 턱 막힌다. 방금 전까지 이 모든 나쁜 일이 누구 때문인지 나는 구체적으로 알고 있었다. 그런데 다 잊어버리고 만 것이다. 엄마와 로민의 눈에는 물음표가 가득하다. 아, 도대체 누구 때문이었더라.

"내 친구는 뉴욕에 간대."

"뭔 뜬금없는 소리야?"

내가 생각해도 뜬금없기는 하다. 그럼에도 입을 다물 수가 없다.

"걔네 아빠가 1년 연수 받고 오라고 했대. 엄마 뉴욕 알아?"

엄마가 내 포크를 빼앗아 개수대에 던진다. 거대한 포크가 개수대에서 굉음을 낸다.

"내가 뉴욕을 왜 몰라. 네 아빠랑 신촌에 있는 뉴욕제과에서 처음 만났는데. 가격표가 붙은 새 와이셔츠를 입고 나왔어. 목 뒤로 가격표가 데롱데롱 매달려 있었고. 칠칠치 못한 인간 같으니라구. 그때 전화번호를 주지 말았어야 했는데…….'

이게 뭐야? 사태가 역전된 것 같다. 엄마의 불평이 줄줄 흘러나온다. 엄마의 삥긋거리는 입이 참 못생겨 보인다.

얼마나 지났을까. 엄마는 머리를 붙잡고 방으로 들어간다. 로민이 꾸짖듯 말한다.

"야, 그만해. 엄마도 힘든데 너까지 왜 그래."

나는 물끄러미 로민을 본다.

"효자 나셨다."

로민은 내 말투가 익숙한지 언짢은 기색도 없다.

"로라야, 녹차 줄까?"

로민이 전기포트에 물을 올리며 묻는다.

"됐어."

"차 마셔."

"……커피나 줘."

"잘 시간인데 웬 커피."

말은 그렇게 하면서도 로민의 손은 재빠르게 인스턴트커피 분말을 머그잔에 넣는다.

"구했다는 알바는 뭐야?"

머그잔을 건네던 로민은 내 질문에 대답이 없다.

"피시방?"

"아니……."

"그럼 피자 배달하냐?"

"오토바이 타야잖아. 자전거도 못 타는데 무슨 배달⋯⋯."

"주차 요원이군!"

"아니다."

"그럼, 뭔데?"

로민은 말한다.

"애드밸리에서 전단지 돌리고 있어. 오늘이 3일째야."

"뭐어?"

나는 머그잔을 식탁에 탁 소리가 나게 내려놓는다.

"커피 튀잖아."

로민이 행주로 식탁을 닦으며 투덜댄다.

"할 게 없어서 전단지 알바야?"

"전단지 알바라도 해야지?"

"내가 전단지 때문에 얼마나 힘든 줄 알아?"

로민은 멍한 눈으로 나를 바라본다.

"그 자리도 엄마랑 나랑 간신히 구한 거야. 내가 일하게 된 회사는 전단지 배포 전문 업체래. 일당도 세고 처우도 좋은 편이고⋯⋯."

"뭐? 엄마랑 같이 한다고?"

"응!"

"미쳤어? 엄마는 마트나 다니라고 해."

"마트에서 엄마 잘린 거 모르냐?"

로민은 내 기분 따위는 아랑곳하지 않고 웅얼대기 시작한다. 애드밸리에는 '리플릿 컴퍼니'라는 회사가 있다고, 리플릿 컴퍼니는 전문적인 전단지 배포 회사이며 애드밸리 내에 있는 각종 업소들이 그들의 주요 고객이라고, 업체의 주문에 따라 문구 작성에서 전단지 제작과 홍보 및 배포에 이르기까지 원스톱으로 기능하다고…….

나는 소리를 높인다.

"그럼 엄마랑 너는 전단지를 마구 뿌리는 거네. 누구는 뿌리고 누구는 치우고. 야, 잘한다."

"무슨 소리를 하는 거야."

로민은 내 말뜻을 헤아릴 수 없을 것이다. 그를 이해시키기 위해 내 기분을 차근차근 설명해야 하는데, 그만두기로 한다. 나는 방 안으로 들어와서 침대에 걸터앉는다. 눈을 감고 중얼거린다. 밤낮없이 일을 하다보면 우리 가족은 결국 부자가 되고 말 거야. 정말 엄청난 부자 말이야. 밥을 굶지 않고 관리비 같은 건 밀리지도 않는 부자 말이야. 열심히 일하다보면 희망찬 새날을 맞이

할 수 있을 거야. 문득, 아버지가 그립다. 아버지가 받게 된다는 미수금. 아버지가 그리운 걸까. 미수금이 그리운 걸까. 적어도 아버지의 미수금이 엄마를 애드밸리에서 꺼내줄 수는 있겠지.

나는 10년 넘게 아버지가 만든 침대를 쓰고 있다. 인정한다. 아버지가 만들어준 침대는 아주 튼튼하다. 매트리스만 바꾸면 앞으로도 끄떡없이 쓸 것 같다. 침대 머리맡에는 책을 얹어놓을 수 있는 선반이 있다. 아버지는 선반 귀퉁이에 귀한 딸 로라의 침대, 라는 글씨를 새겨놓았다. 나는 그 문구가 마음에 안 들어 스탠드를 올려놓았다. 스탠드를 옆으로 치운다. 또렷했던 글씨가 시간만큼 흐려져 있다.

엄마와 로민의 키득거리는 소리에 잠을 깼다. 나는 방문 손잡이를 세차게 잡아당긴다. 경첩에서 몹쓸 소리가 난다. 엄마와 로민은 웃음을 멈추고 나를 돌아본다.

"문 부서지겠다."

엄마가 혀를 찬다. 나야말로 엄마와 로민이 입은 티셔츠를 보고 혀를 차고 싶은 심정이다. 파란 바탕에 흰 별이 그려진 오버사이즈 셔츠. 비니가 입고 있던 옷과 같다.

"그 옷 뭐야?"

"회사 옷이야. 리플릿 컴퍼니."

"회사 옷? 안 창피해?"

내가 날 선 목소리로 묻지만 로민은 아무렇지도 않다는 표정이다.

"직업에 귀천 없다."

엄마가 감정 없는 목소리로 답한다.

"수도가 끊기면 그때는 정말 창피한 일이 되는 거야."

로민이 멍한 눈으로 혼잣말을 한다.

"수도가 끊긴다는 긴 정말……."

엄마도 고개를 떨군 채 혼잣말을 한다.

"로라야, 아빠도 오시니깐 조금만 힘내자. 나아질 거야. 사는 게 원래 굴곡이 있는 거야. 내리막이 있으면 오르막이 있는 거란다. 우리 긍정적인 마음으로 살아보면 안 될까."

통유리 너머로 4월의 찌든 햇살이 미끄러진다. 바코드 리더기를 쥐고 계산대 위에 오르는 물건들을 수색한다. 수상하기 그지없는 날들이다. 수상한 날일수록 바람은 더 수상하게 불어올 것이다. 그렇지! 저것 보라지!

편의점 문 앞까지 전단지가 밀려와 있다. 도대체 어떻게 이럴 수가 있을까. 나의 최대의 적은 점주가 아니다. 엄마와 오빠도 아니다. 전단지도 아니다. 바로 저 바람이다. 손님이 뜸할 때 빗자루를 들고 편의점 밖으로 나간다. 눈을 감고 바람이 오는 방향을 감지한다. 북서쪽이다. 북서쪽은 지하 주차장 입구와 연결돼 있다. 그때 비니가 왼손에 전단지 뭉치를 껴안고 오른손으로 담배를 피우며 걸어오고 있다. 그런데 그 뒤를 똑같은 옷을 입은 또 다른 비니들이 따른다. 그들은 절도 있게 움직인다. 왼쪽 옆구리에는 전단지를 끼고서. 그들은 카운트다운을 기다리는 것 같다. 누군가가 "시작!"이라고 외치면 애드밸리를 전단지로 도배해버릴 기세다. 나는 그들 틈에서 의욕에 차 있는 엄마와 로민을 발견한다.

그러나 의욕은 의욕으로 끝났다. 30대 초반의 남자가 엄마의 전단지를 무시하고 냉담하게 지나친다. 로민도 전단지를 내밀었지만 마흔가량의 여자가 안 받겠다는 뜻으로 냉정하게 손을 가로젓는다. 의기양양했던 두 모자는 금세 쭈뼛거린다. 나도 모르게 웃음이 터진다. 참내! 세상이 그렇게 만만한 줄 알았어?

그런데 잠자코 두 모자를 바라보고 있자니 굵은 빗방울이 떨어진 것처럼 후드득 뺨이 젖는다. 아, 떼부자는 언제 되는 거야. 손등으로 눈물을 닦으며 중얼거린다. 오늘은 엄마와 오빠한테 상냥하게 대해줘야지. 기분이다. 엄마가 좋아하는 매운 닭발과 오빠가 좋아하는 블루베리 케이크를 사가야겠다. 오늘은 월급날이니까. 관리비도 내야지. 아버지가 미수금을 받을 테니까. 이래서 눈물이 필요한 건가.

편의점 출입문까지 흘러온 전단지를 쓰레받기에 담는다. 바람이 휙 불어온다. 머리카락이 날린다. 얼굴이 따갑다. 전단지 전용 쓰레기통 쪽으로 몸을 움직이다가 나는 빗자루를 놓친다.

입간판을 옷처럼 입고 있는 저 사람을 알 것도 같다. 도화지 같은 얼굴, 붉은색 입술, 달걀 크기의 검은 눈. 가발임에 분명한 고불고불한 노란 머리카락. 피에로 같기도 하고 산타클로스 같기도 한, 저 남자는 왜 이곳에 있는가.

점주가 나를 부르는 것 같다.

"로라 씨! 뭐 하는 거예요?"

하지만 나는 입간판을 걸친 남자를 향해 빠르게 걷는다. 우리의 간격은 10미터밖에 되지 않는다. 그도 나를 알아봤는지 한눈에 봐도 허둥대고 있다. 나는 떨리는 마음을 감추고 뛰다시피 다가간다. 바람이 불어온다. 바닥에 나뒹굴던 전단지가 공중으로 떠오른다. 그리고 일시에 나에게 달라붙는다.

쇠구슬이 쇠그릇 위를 달릴 때처럼 나도 달그락거리며 애드밸리를 달리고 있다. 그리고 『양철북』의 오스카처럼 비명을 지르려 한다. 애드밸리의 모든 유리창에 반사된 비명 소리가 몸을 키우고 더 큰 비명이 되길 바라며. 비명 소리에 놀란 바람이, 아니 펌프가 잠시라도 멈출 수 있다면 얼마나 좋을까.

나는 눈을 뜬다. 입간판 남자가 자꾸만 얼굴을 피한다. 나는 원망과 그리움이 담긴 목소리로 말한다.

"아빠…… 이게 뭐예요."

바람이 분다. 바람 속에 악취가 숨어 있다. 제발, 누가 저 지하에서 돌아가고 있다는 거대한 펌프를 꺼주면 안 될까. 내가, 아니 엄마와 아빠와 로민이, 우리 가족 모두가 지하로 내려가서 힘차게 꺼짐 버튼을 누르면 안 될까. 그렇다면 내 몸 속 정체불명의 자명종 버튼도 덩달아 꺼질 수 있을 텐데…….

빵을 던져라

아버지가 집으로 돌아온 날, 우리는 기뻐하지 않았다. 모서리가 낡은 검정색 캐리어를 끌고 온 아버지는 가난해 보였다. 현관문을 열고 들어서는 아버지를 보자마자 엄마가 기대하던 일은 이루어지지 않을 거라고 확신했다. 눈치 빠른 로라도 한숨을 내쉬었다. 예상대로 아버지의 주머니에는 아무것도 없었다. 아버지보다 '수금'을 더 기다렸던 것을 깨닫고 나는 조금 반성했다.

엄마는 소파 등받이에 기대어 혼잣말을 했다.

"천하에 나쁜 사람!"

아버지의 얼굴이 순간 하얘졌다. 엄마는 아버지를 노려보며 말했다.

"당신 말고 그 사람!"

엄마가 로라처럼 그 '새끼'라고 말하지 않은 게 고마웠다. 결제를 해주지 않는 그 사람은 여사장이라고 했다. 공교롭게 엄마와 이름이 비슷했다. 이지현. 엄마는 기대했던 돈이 들어오지 않은 것보다 그렇게 고약한 여자가 하필 자신과 이름이 비슷한 것에 화를 내고 있었다.

"한 학년에 이지현이 세 명은 있었나봐. 하나같이 착실하고 공부도 잘했지. 남 괴롭힌 애들은 한 명도 없었어."

엄마다웠다. 엄마는 너무나 자주 문제의 본질에서 벗어나길 좋아했다.

"여보, 이지현이 다음 달 초에 준다고 했어. 화 풀어. 내가 꼭 받아올게."

아버지에게서 그간의 사정을 들었다. 결제를 해달라고 하면 그달 말에 준다고 하고 그달 말이 돼서 전화를 하면 다음 달 초에 준다고 하고 다시 다음 달 초에 전화를 하면 그달 말에 준다고 한 게 벌써 1년이었다.

"못 받을 돈이에요."

로라가 단호하게 말했다. 나도 같은 생각이었다. 우리는 이지현의 돈은 끝까지 미수금으로 남을 것이라고 결론지었다. 이로

써 우리의 작은 희망이 사라진 걸 받아들여야 했다. 그렇다면 우리는 무엇을 해야 하나. 로라도 그 생각을 하는 것 같았다. 애드밸리로 가야겠어……. 누구의 입에서 나온 말인지 모르겠다.

돌아온 아버지는 한 달 동안 차렷 자세로 지냈다. 식사를 할 때도 '차렷' 자세로 앉아 먹었다. 시선은 정면을 유지하고 오른손을 움직여 숟가락을 입에 물었다. 신기하게도 음식물을 흘리지 않았다. 두 달째는 '열중 쉬어' 자세를 취했다. 창밖을 멍하니 바라볼 때도 아버지는 열중 쉬어 자세였다. 잔뜩 주눅이 든 아버지가 '앞으로 나란히' 자세를 취할까봐 신경이 쓰였지만, 그는 돌아온 지 꼭 석 달째부터는 예전의 아버지가 되었다. 아버지는 소파에 비스듬히 누워 TV를 보거나 거실 바닥에 신문을 펴놓고 읽으면서 연신 발가락을 만지작거렸다.

아버지가 돌아온 이후 나는 일상에서 일어나는 일을 중얼거렸다. 의미 없이 아무 말이나 리듬을 넣어 읊었다. 나는 그것을 랩이라고 이야기했지만 엄마는 도대체 무슨 소리를 하느냐고 매번 물었다. 건방진 로라는 짜증이 담긴 목소리로 소리쳤다.

"뭔 개소리야!"

아버지는 빵을 좋아햇. 블란서 빵을 좋아햇. 야채빵을, 단팥빵을 좋아햇. 크림빵을, 마늘빵을, 좋아햇. 내 동생 로라는 말하짓.

아버지가 사는 빵은 맛없짓. 엄마도 지지 않고 끼어들짓. 당신은 식빵보다 맛없짓. 그런데, 우리는 먹는 중. 아버지가 사온 빵을 먹는 중. 맛없는 아버지를 먹는 중.

싱크대에서 그릇을 씻고 있던 엄마가 문득 묻는다.

"또 주절대니?"

"랩이라니까요. 아, 엄만 랩 모르나?"

엄마가 앞치마에 젖은 손을 닦더니 씨익 웃는다.

"엄마가 왜 랩을 모르겠니."

서랍이 열리고 닫히는 소리가 들린다.

"여깄다, 랩!"

엄마는 주방용 랩을 쌍절곤처럼 휘두른다. 처녀 시절 동네 체육관에서 격투기를 배웠다는 소리를 입버릇처럼 하는 엄마다.

"아, 엄마 지금 애들처럼 뭐 하는 거예요?"

말은 그렇게 했지만 어린아이 같은 엄마가 좋다.

우리의 촌극을 무심히 바라보는 사람이 있다. 소파에 앉아 단팥빵을 한 입 깨무는 아버지. 나와 눈이 마주치자 아버지는 불란서 빵집 상호가 찍힌 비닐봉투를 흔들어 보인다. "빵 사장은, 닫는단다, 문을, 아주, 이달, 말에."

아버지는 도무지 리듬이란 것을 모른다. 그의 중얼거림은 바게트 빵 같다. 딱딱하고 건조하다.

빵 사장이 문을 닫네악. 이달 말에 문을 닫네악. 그는 망해버렸네악……. 이렇게 못하나.

나는 문득, 불란서 빵집을 생각한다. '불란서 빵집'은 내가 초등학교를 졸업하던 날 문을 열었다.

숟가락으로 떠낸 두부 같은 뭉치 눈이 무겁게 뚝뚝 떨어져내리는 날이었다. 아버지가 사진을 찍어야 한다며 엄마와 나와 로라를 운동장에 일렬로 세웠다. 국기 게양대를 등지고 우리 셋은 아버지를 마주 보았다. 눈은 무섭게 쏟아지고 있었다. 아버지는 자꾸만 이러저러한 포즈를 요구했다.

좀 환하게 웃어라. 애들아, 입을 가로로 쭉 찢어보렴! 당신도 이렇게 쭉! 옳지! 그렇게. 엄마 머리 위에 눈이 쌓여갔다. 아버지는 눈치 없이 사진을 계속 찍었다. 값비싼 카메라를 사서 생전 쓰지도 않다가 그날 처음 사용하는 거였다. 엄마가 앓는 소리를 냈다. 피곤하니 그만 찍고 밥이나 먹으러 가자는 뜻이었다.

아버지는 우리 맘을 아는지 모르는지 지나가는 누군가에게 사진을 한 장 찍어줄 수 있느냐고 물었다. 나는 땅이 푹 꺼져 가족과 함께 사라지면 좋겠다고 생각했다. 사진기를 받아든 사람은 내 첫사랑 6학년 1반 선생님이었다. 선생님 중에 가장 예쁘고 가장 친절한 분이었다.

아버지는 공장에서 밤샘을 하고 작업복 점퍼를 그대로 입고 왔다. 점퍼는 예의가 없어 보였다. 점퍼를 입은 아버지는 힐끔 보면 불량배 같았고, 흘끔 보면 거지 같았다. 엄마도 아버지 옷이 마음에 들지 않는 모양이었다. 옷이 그게 뭐예요? 하지만 엄마도 만만치 않았다. 엄마의 화장은 정말 어색했다. 뾰족한 입술에 바른 갈치 비늘 같은 립스틱은 기분 나쁠 정도로 번들거렸다. 립스틱을 바른 게 이니라 기름진 음식을 믹다가 묻혀온 것 같았다. 무엇보다 참을 수 없었던 것은 엄마의 붉은 뺨이었다. 어찌나 검붉은지 따귀를 2,000대쯤 맞으면 나올 색상 같았다. 제일 문제는 6학년이 되는 내 동생 로라였다. "아, 존나 짜증나!"라는 말을 선생님이 있는 데서 아무렇지도 않게 연이어 세 번이나 뱉어버렸다. 나는 하늘이 무너지는 것 같아 손바닥으로 머리를 감쌌다. 정말 로라는 문제가 많은 아이였다. 그 애는 태어날 때부터 아무 데나 침을 뱉었다. 뿐만이 아니다. 한 살 때인가, 두 살 때인가. 배밀이로 기어와서 잠든 내 얼굴, 정확히 말하면 내 콧구멍에 엄청난 침을 주입해놓고 나와 눈이 마주치자 뭐가 좋은지 야비하게 웃어댔다. 어떤 날은 이유도 없이 내 머리를 다섯 번이나 깨물었다.

선생님은 눈보다 더 환하게 미소 지으며 못난이들을 카메라에 정성껏 담아주었다. 선생님의 멀어지는 뒷모습을 멍하게 쳐다보던 나에게 아버지는 무엇이 먹고 싶으냐고 물었다. 로라가 착한 어린이의 말투로 말했다. 오빠! 우리 탕수육 먹자. 로라는 학교 앞의 양자강이라는 중화요리집을 손가락으로 가리켰다. 아빠는 쏟아지는 눈을 피할 수 있다면 어느 식당이라도 좋다고 말했다. 그래, 로민아. 양자강으로 가자! 엄마가 말했다. 기분이 상해서 나는 고집을 피웠다. 홍성루 탕수육 먹을래요.

홍성루는 우리가 사는 아파트 단지 안의 상가에 있었다. 엄마와 로라는 나를 눈보다 더 허옇게 흘겨보았다. 홍성루까지는 걸어서 10분 거리였다. 우리는 눈을 헤치며 걸어야 했다. 나는 식구들한테 벌을 주고 싶었다.

졸업식이라서 참는다! 갈칫빛 입술이 달싹거렸다. 내가 들은 척도 않자 엄마는 졸업식처럼 의미 있는 날 자식을 두들겨패는 일은 정말 옳지 않다는 말을 덧붙였다. 눈이 얼마나 내리는지 엄마의 잔소리가 눈 속에 묻혔다. 30년 만의 폭설이라고 했다. 로라가 혼잣말처럼 내뱉었다. 탕수육 새끼! 그게 무슨 뜻이냐고 물으려다 말았다. 엄마는 로라가 욕을 너무 잘해서 큰일이라고 했다. 우리는 눈을 맞으며 홍성루로 향했다.

아파트 단지 상가 1층 슈퍼 유리창에 눈사람 가족이 비쳤다. 네 명의 눈사람은 추위와 피로감 때문에 잠깐 동안 움직이지 않고 서 있었다. 그때였을 것이다. 누가 우리 가족을 다정하게 불렀다. 아버지 또래의 남자였다. 남자 뒤편에는 '불란서 빵집'이라고 쓰인 간판이 붙어 있었다.

"오늘 개업했습니다."

그는 아버지한테 시식용 팥빵을 주었다. 아버지는 팥빵을 받아 맛보더니 소주를 마실 때처럼 "카아!" 소리를 냈다.

"팥소가 끝내주네요. 어릴 때 학교 앞에서 먹던 팥빵과 똑같은 맛인데요."

"아! 저도 어릴 때 학교 앞에서 먹었던 동천제과의 팥빵을 잊지 못해 비슷하게라도 맛을 내려고 합니다."

"제가 살던 동네에도 동천제과가 있었습니다."

"아, 그렇군요. 반갑습니다."

빵집 사장과 아버지는 멈추지 않고 말을 이어갔다. 지켜보던 엄마와 로라는 홍성루로 발을 옮겼다. 내가 우두커니 서서 꼼짝도 하지 않자 엄마가 "안 오니?" 하고 물었다. 나는 아버지 없이 홍성루에 들어가는 일은 피하고 싶었다. 나는 아버지와 함께 빵

가게 안으로 들어갔다. 훈훈한 공기와 고소한 빵 냄새가 추위에 언 몸을 부드럽게 감쌌다. 개업식에 온 사람들이 테이블에 앉아 따듯한 국물 요리와 단팥빵을 나누어 먹고 있었다. 누군가가 아버지에게 따듯하게 덥힌 막걸리를 권했다. 아버지는 그것을 소리 나게 들이켰다. 내 앞에는 김이 오르는 국수가 놓였다. 나는 젓가락으로 국수 가락을 집어 입에 넣었다. 꽁꽁 언 손가락이 조금씩 녹았다.

"아, 황천국민학교 앞에 있는 동천제과 말씀인가요? 제가 그 학교 출신입니다."

아버지 목소리가 유난히 크게 울렸다. 빵집 사장은 놀라움을 금할 수 없다는 표정을 지었다. 이럴 수가! 저도 황천 나왔습니다. 아, 이럴 수가! 어찌 이리도 반가운 일이 다 있습니까? 저는 황천 13회입니다. 아니, 이럴 수가! 아아니 이럴 수가! 동창을 타향에서 만났군요. 나도 13회인데, 어디 보자. 호옥시 자넨 이석봉? 아아아니! 자네는 심영태?

바보들…….

나는 남은 국수를 입에 털어넣으며 혼잣말을 했다. 그들은 날이 어두워지도록 '아니, 아니!'를 외쳐댔다. 이산가족이 된 날이었다. 엄마와 로라는 탕수육을 두 접시나 먹어치웠고, 아버지는 옛 친구와 황천국민학교와 동천제과를 안주 삼아 밤새도록 소주를 마셨다. 나는 외톨이였다.

빵 사장 아저씨는 장사하는 내내 동네에서 평판이 좋았다. 이웃에게 친절했고 인심이 후한 편이었다. 식빵을 사러 가면 내 손에 따뜻한 카스텔라를 쥐여주었다. 아저씨의 미소는 오븐에서 바로 꺼낸 카스텔라만큼 따뜻했다. 불란서 빵집은 자식 셋을 먹이고 입히고 공부시킬 만큼 장사가 잘되었다. 그러나 언젠가부디 우후죽순으로 생겨나는 빵집 때문에 모두 과거의 영화가 되고 말았다. 아버지는 불란서 빵집이 문을 닫으면 더는 동천제과의 향수를 느낄 수 없는 것은 물론이거니와 고향 친구인 빵 사장님과도 만날 수 없다고 생각했다. 빵 사장님은 가게를 정리하면 어디 먼 산골로 내려갈 거라고 했다.

"안된 일이에요."

나는 진심을 담아 말한다. 하지만 아버지는 한가하게 빵 사장 아저씨만을 걱정할 처지가 아니지 않나.

"불란서 빵집이 문을 닫으면 나는 어디서 빵을 사 먹나?"

엄마 입이 뾰족해진다.

"널린 게 빵가게예요."

"널려 있는 빵가게에서는 살 수 없으니 하는 소리요."

"단팥빵이 거기서 거기지 뭐."

"아니라니까!"

"그나저나 당신은 빵 사장하고 그만 좀 어울려 다녀요."

엄마는 때때로 고압선처럼 위험해 보인다. 엄마가 아랫입술을 지그시 깨문다.

"당신 어제 그제 뭐 하고 다녔어요?"

"……."

"오밤중에 무슨 작당들을 하고 다니느냐고요."

아버지는 엄마의 잔소리가 듣기 싫은지 끙 소리를 낸 후 점퍼를 챙긴다.

"지금 몇 신 줄 알아요? 또 빵 사장 만나요?"

아버지는 나에게만 눈을 찡긋해 보이고는 현관문을 나선다.

엄마는 현관문 쪽을 노려본 후 한숨을 몰아쉰다. 그러고는 반사적으로 허리를 펴고는 손을 뻗어 테이블 위에 있던 단팥빵을 씹는다. 생각해보니 엄마는 아버지가 사온 빵을 그제도 어제도 오늘도 먹고 있다.

"엄마, 아버지가 빵 사장님하고 뭘 하고 다니는데요?"

뭐가 못마땅한지 엄마가 나를 보며 혀를 찬다.

"네 아버지가 뭘 하고 다니는지 몰랐단 말이야?"

엄마처럼 혀를 잘 차는 사람도 없을 것 같다. 조금만 노력한다면 엄마의 혀는 축구공도 찰 수 있을 것이다. 기분이 나빴지만 나는 엄마를 이해해야 한다. 엄마는 사는 게 사는 게 아니라고 말했다. 나는 사는 게 사는 게 아니라고 말하는 엄마가 혹시라도 사는 걸 포기할까봐 전전긍긍했다. 그러나 천만다행으로 엄마는 식사를 거르지 않았고 불면증에도 시달리지 않는다. 좋아하는 배우가 나오는 주말 드라마도 놓치지 않고 보고 있으며 윗니 아랫니 20개쯤 보일 징도로 입을 크게 벌리고 웃을 때가 많다. 사는 게 사는 게 아니라지만 어떻게든 살아내고 있는 것 같아 마음이 놓인다.

아버지처럼 나도 점퍼를 챙긴다. 아버지가 적잖이 신경 쓰인다. 아버지는 애드밸리에서 시간제 아르바이트로 인간 광고판 일을 했다. 비오는 날 광고판을 쓰고 나갔다가 감전이 돼서 죽을 뻔했던 사람 이야기를 듣게 된 엄마는 아버지와 부둥켜안고 많이도 울었다. 호두처럼 단단했던 아버지가 이제는 바스라지기 일보 직전으로 보인다. 아니, 어쩌면 아버지의 자존감은 이미 분쇄기 안의 가루처럼 돼버렸는지 모른다.

"넌 이 밤에 그렇게 얇게 입고 어딜 가는 거니……."

엄마의 투덜거림이 현관문 틈을 빠져나온다. 나는 알 수 없는 불안과 분노를 발끝으로 끌어모은다. 세상에서 승강기를 가장 잘 걷어차는 사나이가 될 수 있을까. "슛!" 요란한 파찰음이 아파트 복도를 뒤흔든다.

나는 있으나 마나 한 가로등 불빛을 받으며 상가 앞까지 걷는다. 이미 자정을 넘긴 시간, 아버지와 빵 사장님이 제과점 문을 닫고 있다. 셔터를 내리는 두 사람의 말소리는 나직하고 정겹다. 길고양이 한 마리가 귀를 쫑긋 세우고 그들의 대화를 엿듣는다. 나 역시 마찬가지다.

"열두 시 삼십 분이군. 저녁을 안 먹었다면서 시장하지 않아."

"괜찮아. 마누라 잔소리를 하도 먹어서 배가 불러."

"제수씨 잔소리가 영양 만점이긴 하지."

셔터를 내리고 발을 떼는 그들의 행동에는 조심성이 배어 있다.

"어, 로민 군 아닌가!"

나를 알아본 빵 사장님이 손을 흔든다. 옆에 서 있던 아버지가 묻는다.

"여긴 웬일이냐?"

"그냥 산책 좀 하려고요."

빵 사장님이 배낭을 고쳐 멘다.

"어디, 가세요?"

나는 배낭 속을 가늠해본다. 저 불룩한 배낭 안에는 무엇이 들어 있을까? 지난달부터 인근 아파트 주차장에서 방화 사건이 잇따랐다. 아버지와 빵 사장님이 서로의 얼굴을 응시하다가 나를 돌아본다.

"로민이 너도 같이 갈래?"

아버지의 목소리가 어둠 속에서 음산하게 느껴진다.

"어디를요?"

그들은 대답 없이 앞서 걷는다. 두 중년 남자의 뒷모습이 우리는 불량한 일을 저지르러 간다고 말하는 듯하다. 뒷모습이 앞모습보다 더 솔직할 때가 있다. 나는 사람이 지어내는 표정에 속은 적이 있다. 늘 상냥하게 웃어주던 주리가 냉정하게 등을 돌렸던 날이다. 그 애의 뒷모습이 말했다. 미안해요. 사실 오빠가 아니라 R 컬렉션 지하에 꽂혔던 거예요…….

배낭 안에 방화에 필요한 물건들이 있을지 모른다는 추측이 확신으로 변하는 순간이다. 팔다리가 흐물거린다. 당장이라도 몸을 돌려 집으로 도망가고 싶지만 나는 넋이 빠진 채로 등이 굽은 남자들의 뒤를 따른다. 아버지와 빵 사장님이 몹쓸 짓을 저지르면 나는 어찌해야 하나. 그들의 행동을 저지해야 하나. 경찰서에 신고를 해야 하나. 머릿속에서 번쩍하고 불꽃이 튀고 이어 불길이 활활 타오른다.

"바닥 조심해!"

몸이 기우뚱했지만 빵 사장님이 내 팔을 잡아줘서 가까스로 중심을 잡는다. 어제 내린 비 때문에 여기저기 물웅덩이가 생겼다. 나는 홀린 듯 주위를 둘러본다. 등산로가 시작되는 지점이다. 등산로 입구에서 오른쪽 길로 들어서니 산을 깎아 만든 작은 운동장이 보인다. 낮에는 이웃 주민들이 이곳에서 배드민턴을 치거나 자전거를 탄다. 밤에는 불량배로 의심되는 사람들이 삼삼오오 모여 괴성을 지른다. 그들은 때때로 불을 피우고 엉덩이를 흔들며 볼썽사나운 춤을 춘다고 한다. 엄마는 밤이 사람을 망가뜨린다고 했다. 그렇다면 운동을 즐기던 건전한 주민들이 밤이 되자마자 불량배의 가면을 쓰고 노는 건지도 모를 일이다.

빵 사장님과 아버지가 배낭을 내린다. 나는 벤치에 앉아 주변을 살핀다. 방화의 대상이 될 만한 게 있나. 별로 없는 것 같다. 운동기구들은 쇠로 만들어졌고 벤치에는 유리 타일이 붙어 있다.

바람이 불자 나뭇잎끼리 부딪치는 소리가 허공으로 흩어

진다. 정적이 흐르고 얼마 뒤 사람 말소리가 희미하게 들려온다. 나는 움직이는 검은 물체가 우리를 향해 다가오는 것을 보고 엉거주춤 일어선다. 저건 뭐지? 덩어리들은 자박자박 운동장 모래 알을 밟으며 빠르게 다가오고 있다.

이쪽은 나까지 셋, 저쪽은 다섯이다. 불안한 기류가 맴돈다. 아버지와 빵 사장님은 싸움에서 질 것 같아 나를 데려온 건가. 세상에! 이럴 줄 알았다면 로라라도 부를걸. 아, 아버지! 나는 말싸움이건 몸싸움이건 자신 없단 말예요. 머리가 뜨거워진다.

점정 점퍼를 입은 남자 얼굴이 나타난다.

"불란서 왔나?"

"참나, 왔으니깐 여기 있지."

빵 사장님은 퉁명스럽게 답한다. 달이 숨는다. 덩어리들은 어둠 속에서 더없이 위협적으로 보인다. 약속이나 한 것처럼 아버지와 빵 사장님은 숨을 쉭쉭 몰아쉰다. 달이 보인다. 그들의 얼굴이 또렷하게 잡힌다. 하나같이 우악스럽고 험상궂다.

"자, 그럼 시작할까."

시작을 알리는 씩씩한 목소리의 주인공은 아버지다. 아버지는 의욕에 찬 눈길로 나를 바라본다. 등줄기로 식은땀이 흐른다.

나는 주먹을 꽉 쥐어본다. 이 주먹으로 누군가를 때려본 적이 있었나. 아버지와 빵 사장님이 위험에 처한다면 나는 이 솜주먹이라도 높이 쳐들 것이다. 하지만 내가 잘하는 것은 주먹을 꽉 쥔 채 팔을 위아래로 높이 흔들며 줄행랑을 치는 일이다.

"불란서! 각오는 됐나?"

검정 점퍼를 입은 50대 남자가 빵 사장님에게 묻는다.

"각오 같은 소리 하고 자빠졌네. 당신이나 잘해."

빵 사장님은 나에게 한 번도 보여준 적 없는 거친 태도로 그들에게 말을 던진다. 검정 점퍼는 키가 크고 어깨가 벌어져 건장한 느낌이 든다. 그의 손이 점퍼 주머니에서 빠져나오는 순간 내 몸이 움츠러든다. 자전거 안장만큼 크고 두꺼워 보이는 손이다.

"어서 시작하자고!"

호리호리한 체격에 자주색 점퍼를 입은 남자가 말한다.

운동장 한쪽에는 붉은 벽돌로 쌓은 3미터 높이의 담이 있다. 담 너머로 새로 지은 20층짜리 아파트가 운동장을 내려다보고 있다. 남자들은 몸을 푸는 시늉을 하며 담장을 마주 보고 선다. 자세히 보니 담에는 지름 1미터가량의 흰색 동그라미가 그려져 있다. 빵 사장님이 갑자기 시구 연습을 하는 것처럼 던지기 자세를 취한다. 그의 표정과 몸동작은 진지하기만 하다. 그는 벽을 향해 무엇인가를 아주 힘껏 던진다. 가로등 불빛을 헤치고 힘차게 날아간 정체불명의 그것은 정확히 흰색 동그라미 안을 찍는다.

"연습 좀 했나보군."

검정 점퍼의 말에는 비웃음이 묻어 있다. 검정 점퍼는 말이 끝나기가 무섭게 던지기 포즈를 취한다. 그의 자전거 안장 같은 크고 단단한 손 안에서 바스락거리는 소리가 난다. 그는 벽을 향해 무엇인가를 냅다 던진다. 그런데 물체는 하늘로 높이 올라갔다가 그의 발 가까이에 좌빅, 하는 소리를 내며 떨어진다.

빵 사장님이 대놓고 껄껄댄다. 아버지도 웃음을 터뜨린다. 노란 점퍼도, 자주 점퍼도, 초록 점퍼도, 회색 점퍼도 신나게 웃는다.

"멀리 던져야지, 높이 던지면 쓰나."

아버지가 또 한 번 껄껄 웃는다.

"빵이 너무 가벼워 그래. 밀가루 양이 적었어. 자고로 무거운 빵이 좋은 빵인데. 다들 몰라 그런 거야. 가벼운 빵은 문제가 있어. 그러니깐 내 빵은 너무 가벼웠고 그래서 이 모양이 된 거지."

검정 점퍼는 부상당한 야구 선수같이 심란해 보인다. 빵 사장님이 끼어든다.

"빵 탓만 하지 말고 제대로 던지란 말야. 그날도 그럴 거야? 제대로 딱딱 맞혀야 할 것 아닌가."

"그러게 말일세. 어깨를 다친 후로 던지기가 영 신통치 않네."

검정 점퍼가 어깨를 푸는 동작을 해 보인다.

아버지가 배낭에서 비닐에 싸인 빵을 꺼내 붉은 벽돌에 그려진 흰색 동그라미를 향해 힘껏 던진다. 일전에 아버지가 사오던 크림빵이나 소보로빵과는 다른 느낌이다. 특별 제작된 빵 같다. 좀 더 두툼하고 물기가 많아 중량감까지 느껴진다.

아버지를 포함한 일곱 남자가 벽을 향해 자신이 가져온 빵을 던진다. 미트파이, 마들렌, 푸딩, 킹크림, 도넛, 바나나 머핀 등도 던진다.

아버지를 제외하고 그들은 모두 제과점 사장들이다. 그들이 밤마다 왜 빵 놀이를 하는지 잘 모르겠지만 내가 보기에는 그냥 끝내주는 멍청이들 같을 뿐이다.

그들 중 가장 문제가 많아 보이는 사람은 아버지다. 친구 따라 빵을 던지고 있는 아버지의 정체는 무엇인가. 나는 그들에게서 조금 떨어져 아버지를 본다.

어릴 때 밥알을 이용해 장난을 친 적이 있다. 밥알로 내 이름을 썼다. 나는 내가 글씨를 쓸 수 있다는 걸 누군가에게 보여주고 싶었다. 하지만 그때 아버지는 분명하고 엄한 목소리로 말했다.

"로민아, 먹을 거 가지고 장난치면 지옥 간다!"

그 말이 틀리지 않다면 아버지를 포함한 저들은 지옥행이다. 아버지한테 실망스러운 기분이 들어 나는 말도 없이 집으로 향한다. 운동장을 벗어날 즈음 나를 부르는 목소리가 들렸지만 돌아보지 않는다.

홀로 돌아오는 길은 너 어둡다. 마음까지 컴컴하다. 아버지는 빵을 던져. 달밤에 빵을 던져. 빵 사장도 빵을 던져. 음흉하게 빵을 던져…… 좀 더 중얼거리고 싶었지만 입이 꼭 다물어진다. 횡단보도를 건너 컴컴한 담장 밑을 걸을 때 희끗희끗한 것에 시선이 붙잡힌다. 흰색 플래카드의 한쪽 끈이 풀어져 얼핏 보면 소복 같다. 플래카드가 내 머리를 쓰다듬으려 한다. 나는 고개를 들고 플래카드에 적혀 있는 '지역 상인들과의 만남'이라는 글자를 뚫어지게 바라본다. 붉은 글자가 땅으로 흘러내렸다가 하늘로 솟아오른다.

아버지가 집으로 돌아온 건 새벽 다섯 시가 넘어서였다. 나는 현관문 열리는 소리에 다행히 잠에서 깨어났다. 개꿈보다도 못한 빵꿈을 꾸던 중이었다. 허공에는 빵이 다니는 길이 있었다. 진지한 빵이 앞서 걸었고 건방진 빵이 뒤따랐다. 즐거운 빵이, 우울한 빵이 뒤를 이었다. 크림빵과 눈이 마주쳤다. 크림빵은 교만해 보였다. 나는 높이 뛰어서 크림빵을 움켜쥐려고 했지만 실패했다. 크림빵은 더 높은 곳으로 뛰어올라 나를 내려다보고는 믿을 수 없을 만큼 하얀 혀를 쏙 내밀었다. 나는 크림빵에게 가운뎃손가락을 찌를 듯 올려 보였다. 볼이 붉어진 크림빵이 하얀 침을 뱉으려고 입을 우물거렸다. 고약한 냄새가 나는, 부글거리는 하얀 거품이 발사되기 일보 직전이었다.

문소리에 깨어나지 않았다면 나는 하얀 거품을 뒤집어썼을 것이다. 나는 크림빵의 더러운 침에 젖어 난감해했을 것이다. 그러다가 패씸한 크림빵의 따귀를 때렸을지 모른다. 크림빵은 울음을 터뜨린 후 그의 동료 빵들을 데리고 와서 빵을 때리는 사람이 어디 있느냐고, 네가 사람이 맞느냐고 따질 것이다. 나는 머리를 쥐어뜯으며 도대체 이건 뭘까, 이건 꿈일까, 꿈이라고 해도 너무 유치하지 않은가, 계속 혼잣말을 하다가 아무래도 정신에 심각한 문제가 생긴 것 같다는 결론에 이를 것이다.

욕실에서 이 닦는 소리가 들린다. 이어 변기 물 내리는 소리, 문 열리고 닫히는 소리, 아버지가 거실 소파에 무너지듯 앉는 소리가 내 귀로 흘러들어온다. 아버지가 뒤척이는 모양이다. 소파 삐걱대는 소리가 난다. 저 소파는 호두가구 공장에서 아버지가 손수 만든 것이다. 소파가 집에 오던 날, 아버지는 말했다. 로민아, 아부지가 만든 세상에서 단 하나뿐인 소파다. 세상에서 가장 튼튼한 소파이기도 하지. 나는 호두가구 사장인, 세상에서 오직 하나뿐이며 튼튼해 보이는 아버지가 자랑스러웠다. 그러나 시간이 지나자 소파도 아버지도 경쟁적으로 삐걱거렸다.

커튼 틈으로 푸르스름한 아침 기운이 스며든다. 눈앞이 뿌예진다. 몸이 으슬으슬 춥다. 나는 흐르는 코를 훌쩍이다가 이불을 머리끝까지 뒤집어쓴다. 아버지의 코 고는 소리가 불안하게 내 이불 속까지 파고든다. 잠이 들 것 같아 그 역시 불안하다. 꿈에서 크림빵을 만나면 어쩌지? 믿거나 말거나 나는 꽤 오랫동안 악몽을 꾸었다. 나를 괴롭히는 것들은 지우개나 연필깎이, 삼각자 같은 문구점에서 파는 물건들이었다.

로라는 냉정한 얼굴로 물었다. 문방구에서 물건 훔친 적 있지? 죄의식이 그런 꿈을 꾸게 하는 거야. 로라는 내 정신 감정을 끝낸 후 지금이라도 문방구 주인한테 사과하고 물건값을 지불하라고 했다. 생각해보니 지우개를 슬쩍한 적이 있다. 실은 연필깎이와 삼각자도……. 지금은 학교 앞 문방구에 빌딩이 들어섰다. 무슨 수로 주인을 찾아 사과를 하고 물건값을 지불하겠는가. 그런데 나는 왜 빵꿈을 꾸는가?

로라의 목소리에 눈을 떠보니 오전 일곱 시가 지나고 있다.

"그만 자고 어서 나와봐!"

거실로 나가니 소파에 있어야 할 아버지는 없고 그 자리에 엄마와 로라가 앉아 있다. 나는 로라에게 무슨 일이냐고 물었지만 그 애는 어깨를 으쓱해 보일 뿐이다.

"우리는 총체적 난국에 직면해 있다. 우리는 이 위기를 다 함께 이겨내야 한다."

엄마는 기업 드라마에 출연 중인 정모 연예인을 흉내 내는 모양이다.

"아, 나 더 자야 하는데 왜 깨워."

엄마는 아주 날아갈 듯한 얼굴이다.

"로민아, 정은이 엄마가 시청 직원이잖니."

"……."

"시에서 지역 상인들과의 만남이란 걸 주최한단다."

"……."

"그런데 어제 구내식당에서 밥을 먹은 공무원들이 단체로 식 중독에 걸려 병원 신세를 지고 있단다."

"……."

"그래서 진행 요원이 급히 필요하다네. 정은 엄마가 도와달라 고 했어. 일당도 괜찮아. 그러니깐 네 아버지 포함해서 우리 넷 이 진행 요원을 하는 거야. 하루만 고생하면 밀린 관리비를 낼 수 있다."

"그런데요?"

엄마가 혀를 차기 시작한다.

"쯔쯔쯔. 우리 넷이 하루만 일하면 밀린 관리비를 낼 수 있다 니까."

로라가 묻는다.

"엄마, 나도?"

"넌 이 집 식구 아니세요? 수도 끊기고 전기 나가봐야 정신 차릴 거야?"

로라는 눈을 꼭 감고 소파 등받이에 몸을 기댄다.

"언젠데요?"

"오늘이야! 오늘!"

"오늘요?"

로라가 한숨을 푹 쉰다.

"로민이 너는 네 아버지한테 오늘 일해야 한다고 전해."

"엄마가 직접 말해요."

"언제 들어오고 언제 나가는지 알아야 말을 하지."

"전화 걸어봐요."

"꺼져 있다."

소파에는 아버지가 전날 입었던 점퍼가 있다. 점퍼 소매와 주머니에 하얀 크림이 묻어 있다.

로라는 물끄러미 허공을 본다. 더없이 무기력해 보인다. 꼴도 보기 싫을 때가 많지만 멍하게 있으면 어쩐지 가여워 보인다. 엄마는 빵 사장님 전화번호를 찾는다며 안방으로 들어간다.

로라가 나를 보고 묻는다.

"오빠, 나 내년에 복학할 수 있을까?"

로라의 말투가 다정해서 오히려 부담스럽다. 오빠 새끼야! 나 내년에 복학할 수 있겠냐? 이렇게 물어봤으면 좋겠다.

"……그럼! 할 수 있어. 꼭 복학해야지."

로라의 얼굴이 밝아진다.

"근데 오빠."

"응."

"나 많이 불었어? 몸 말야."

허리를 곧추세우고 로라가 묻는다.

"아니아니, 별로."

"정말?"

"응, 그냥 전보다 보기 좋게 통통해."

로라가 순한 눈으로 묻는다.

"괜찮아. 솔직히 말해."

"음, 민수도 너 귀엽대."

뭐 하나 부족한 것 없는 내 동창생 송민수에게 로라가 관심을 보이고 있다는 걸 내 모르는 바가 아니다. 무기력증에 빠진 동생을 위해 지금은 거짓말이 필요하다.

"민수 오빠가?"

로라는 화들짝 놀란다. 마음에 걸렸지만 동생을 위해 거짓말을 일관성 있게 하기로 한다.

"건강해 보여 좋대."

로라가 방긋방긋 웃는다.

"칭찬인가? 아닌 거 같은데. 아, 몰라! 난 살 뺄 거니깐. 예전의 로라로 돌아갈 거야."

로라는 주먹을 쥐어 보인다.

"사용 후기를 써서 돈을 벌겠다는 거니? 그때처럼?"

"아니, 리뷰왕 따위는 안 할 거야. 20킬로가 넘게 쪘잖아. 나는 이 지방하고 싸울 거야. 내가 만든 거니깐 내가 다 불태워 없앨 거야."

로라는 다시 한 번 주먹을 움켜쥐며 의지를 불태운다. 눈에서 불꽃이 튄다. 의욕이 넘친 로라는 자신의 지방뿐 아니라 우리 집까지 홀라당 태워먹을 기세다.

거실로 나온 엄마는 빵 사장님의 전화기도 꺼져 있다고 말한 후 숨을 몰아쉰다. 그때 전화벨이 울린다. 울퉁불퉁했던 엄마 얼굴이 확 펴진다.

"아, 정은 엄마, 고마워. 우리 애들도 할 거야. 걱정 마! 나, 행사 보조 많이 해봤어."

엄마는 행사 보조를 한 적이 없다. 로라는 지방이 늘고 엄마는 거짓말이 늘었다. 나는 아버지에게 전화를 걸어본다. 엄마 말이 맞다. 휴대폰이 꺼져 있다. 혹시 확인할지 모를 문자 메시지를 보낸다. 아버지, 집으로 오세요. 우리는 행사 보조 요원을 해야 해요. 오늘 번 돈으로 집안을 살펴야 해요. 나는 한 문장을 더 보태려다 그만둔다. 아버지, 던지기 실력 진짜 별루예요.

일당을 받는 행사 보조 요원이라도 차림새는 말끔해야 한다. 우리는 일하러 가기 위해 욕실을 차례차례 점거한다. 엄마가 욕실을 사용하고 나온 후에 내가 들어간다. 수돗물이 질금질금 나온다. 조짐이 이상한 날이 있다. 오늘이 그렇다. 욕실에 들어가고 5분이 지나지 않았을 때 로라가 거품을 머리에 이고 나온다. 구름 모자를 쓴 것 같다.

"물이 안 나와!"

눈을 깜빡거리던 로라가 갑자기 어릴 때처럼 발을 구른다.

"눈 따가워."

엄마는 로라를 안쓰럽게 바라본다.

"난국이야. 난국. 총체적 난국. 로라야, 일단 수건으로 좀 닦아봐…… 그나저나 이런 매정한 인간들 같으니라고. 수도 요금 안 냈다고 물을 끊은 모양이네."

엄마는 가만두지 않겠다는 말을 연신 해댄 후 관리 사무소에 전화를 걸어 다짜고짜 소리를 높인다. 그러나 5초도 안 돼 엄마는 화를 누그러뜨리고 미안하다는 말을 하며 얌전히 전화를 끊는다.

"애들아, 오늘 여섯 시까지 단수란다."

엄마는 베란다에서 찾아온 빈 플라스틱 물통을 나에게 내

민다.

"로민아, 네가 다녀와."

"어딜요?"

"정은이네 집에서 물 좀 받아와. 전화 걸어둘게."

"그냥 옆집에서 떠오면 안 돼요?"

"옆집에 물이 나오겠니? 단수라잖아."

"알았어요. 근데 정은이네 집은 어딘데요?"

"정류장 바로 앞에 3층 건물 있잖아…….."

로라 머리에서 부글거리던 비누 거품이 또 한 번 흘러내린다. 불행이 내 동생 로라의 이마를 덮고 눈두덩을 향해 진입하는 것 같다. 지금 할 수 있는 일은 물통 손잡이를 꽉 움켜잡는 것이다. 내가 떠온 물로 로라의 불행을 없애주는 것이다. 무엇이 어렵단 말인가. 집에서 버스 정류장까지는 겨우 1킬로 거리이며 20리터짜리 물통은 새털처럼 가벼울 텐데…… 문득, 진짜 단수가 되고, 전기가 끊기는 날이 오면 어떨까를 상상한다. 그리고 애드밸리에서 각자의 몫을 다하는 시간제 일꾼이 된 가족의 얼굴이 순서대로 떠오른다.

시청 중앙 로비로 햇살이 스민다. 인적이 없는 막다른 길처럼 로비는 적막하고 고요하다. 부산스러움이라고는 찾아볼 수 없다. 소강당으로 발을 옮기다 유리창으로 흘러들어오는 햇빛에 몸을 맡긴다.

"학생!"

행사를 주관하는 시청 담당자가 나를 부른다.

"그렇게 멍하니 있으면 어떡합니까?"

하늘색 와이셔츠를 반듯하게 다려 입은 남자다. 그의 미간에 주름이 잡힌다.

"지역 싱인들이 곧 올 거니까 행사 시작 전에 설문지를 돌려요."

남자가 테이블 위에 놓여 있는 설문지를 가리킨다. 설문지를 배포하고 수거까지 하라는 뜻이다. 총 백 부란다.

"저 혼자서요?"

"혼자 해도 되고 아니면 다른 사람들한테 도움을 좀 받아도 되고."

뭐 이런 주먹구구식 행사가 다 있지?

"저 여학생하고 같이 하면 되겠네."

"누구요?"

"저기 청바지 입은 뚱뚱한 여학생."

그는 로라를 가리킨다. 그런데 로라의 청바지가 불행해 보인다. 어쩌자고 청바지까지 불행해 보이나.

시청 담당자는 고개를 쳐든 채 말한다. 버릇인 것 같다. 나를 내려다보는 두 개의 콧구멍을 본다. 하나는 타원이고 하나는 세모다. 아무리 봐도 비효율적으로 생긴 콧구멍이다.

"저기, 앞줄은 비워두도록 해요. 맨 앞줄 말입니다."

나는 그러겠다고 공손히 말한다.

나와 로라는 참석자들을 대상으로 설문지를 작성하게 하고 그것을 수거해서 담당자에게 건넬 것이다. 이 일을 완수해야 단전과 단수의 위협에서 벗어날 수 있을 것이다. 내가 해야 하는 일들이 가치 있게 느껴진다.

시청 담당자 몇 명이 직사각형 테이블을 연단 오른편에 놓는다. 그리고 푹신해 보이는 의자 네 개를 테이블 뒤에 배치한다. 귀빈석이란다. 국회의원이나 시장이 앉을 자리 같다. 인근 대형 유통업체 관계자들 자리도 바로 옆에 마련되어 있다. 그들의 의자도 안락해 보인다.

지역 상인들이 간담회 시작 30분 전부터 하나둘 접이식 의자를 채운다. 나와 로라는 참석자들에게 설문지와 볼펜을 건넨다. 작성한 설문지는 의자에 두고 가라고 이야기해도 참석자들은 건

성으로 듣는 눈치다. 닭을 튀기다가 왔다는 50대 중반의 아주머니는 로라에게 물을 마실 수 있느냐고 묻는다. 로라는 친절한 얼굴로 입구 오른편에 음료가 준비되어 있다고 말한다. 엄마 역시 교양 있고 상냥한 목소리로 참석자들에게 차를 권한다. 그런데 누군가에게 "고객님! 물은 여기 있습니다" 하고 말한 후 깜짝 놀라는 눈치다. 얼마 지나지 않아 누가 화장실 위치를 묻자 엄마는 또다시 "고객님, 화장실은 나가서 오른쪽에 있습니다"라고 말한다. 그 빌어먹을 마트란 데서 엄마 혀에 고객님을 새겨놓은 모양이다.

시청 강당에 모인 상인들은 삼십 명을 넘지 않았다. 시청 담당자 중 한 명이 간담회 시작을 알리자 국회의원이 하품을 한다. 시장도 따라 입을 쩍 벌린다. 그 옆에 앉아 있던 유통업체 관계자란 사람들도 손바닥으로 입을 가린다. 다들 눈에 눈물이 그렁그렁하다. 지역 신문 기자가 카메라로 귀빈석을 찍는다. 그들은 하품을 참으며 허리를 곧추세운다. 그런데 누군가가 화가 단단히 난 목소리로 외친다.

"시장 상권 보호해준다 해서 표 찍어줬더니만 저, 하품하는 꼬라지 좀 보소."

"그러게! 지금 하품이 나와?"

"저 오른쪽에 앉은 사람들은 누구야?"

"A 마트 관계자구먼."

"A 마트야?"

"응. 전에도 한번 봤잖아."

"그나저나 키위 팔다가 욕을 바가지로 먹었어. A 마트에서 2,000원 하는 걸 왜 3,000원에 파느냐고. 2,500원에 들어와서 딱 500원 붙여 팔았는데도 말이야."

"그런 일이 한두 번인가. 근데 우리 쪽 대표는 왜 안 보여?"

"그 사람 가게 접고 필리핀 간대."

"망했어?"

"물어 뭐해. 어찌 됐든 다음 대표 구할 때까지는 책임을 다해야지……."

대화를 나눈 사람은 50대 중후반의 남자들이다. 그들의 대화를 엿듣던 나는 불안한 심정이 된다. 회색 양복을 깨끗하게 차려입은 국회의원이 사회자의 소개에 따라 연단에 선다. 입고 있는 옷만큼 그의 머리 모양은 단정하다. 한 올도 흐트러지지 않았다. 좌중을 바라보는 그의 눈빛은 신념에 불타는 듯 뜨겁기만 하다. 그의 말투는 정중하면서 박력이 넘친다. 그는 분명 좋은 말을 하는 것 같다. 그런데 그가 하는 말의 내용을 도무지 알아듣지 못하겠다. 닭을 튀기다 왔다는 아주머니가 고개를 갸우뚱한다. 엄마도, 로라도 마찬가지인 듯하다. 하지만 시장과 유통업체 관계자는 고개까지 끄덕이며 경청한다. 그는 다른 나라의 언어로 좋은 이야기를 하고 있는 것 같다.

그때였다. 뒷문이 벌컥 소리를 내며 열린다. 사람들은 문 쪽으로 고개를 돌린다. 문 앞에는 일곱 남자가 서 있다. 주위를 살핀 그들은 날다람쥐처럼 빠르게 달려온다. 그중 누군가가 소리친다.

"사람을 기만해도 유분수지! 당신들 오늘 잘 걸렸어."

국회의원이 차렷 자세로 넋을 놓고 그들을 보고 있다. 일곱 명의 남자들은 모자를 눌러 쓰고 있지만 나는 그들이 누군지 한 명한 명 다 알아볼 수 있다.

"저 사람 혜림제과 혜림이 아빠 아냐?"

"맞군, 맞아. 왜 아니겠어."

"근데 혜림이네 가게 내놓은 거 알아? 혜림이네 건너에 제과점이 들어온다는데."

"길 건너에도 들어오고 혜림제과 자리에도 프랜차이즈 제과점이 들어온다네. 자넨 그건 몰랐던 모양이구먼."

"뭐어? 다들 빵만 처먹고 사나. 뭔 놈의 빵집이 계속 생겨."

로라가 잔뜩 긴장한 목소리로 내 귀에 대고 속삭인다.

"오빠, 저기 세 번째. 왼쪽에서 세 번째, 우리 아빠잖아."

내가 맞다는 의미로 고개를 끄덕인다.

"아놔! 아빠 뭐 하는 거야. 내가 미쳐."

나는 엉거주춤 일어나 그들 쪽으로 다가간다. 양복 차림의 남자 몇몇이 7인조를 끌어내리려고 하지만 7인조는 그들을 밀쳐내고 배낭을 뒤적여 부스럭거리는 것들을 꺼낸다.

"기자 어딨어요? 우리 좀 찍어 인터넷에 뿌려줘요. 국회의원이나 시장이나 다 똑같아. 표 받으려고 거짓말만 하고 공약은 하나도 안 지켜. 에라잇! 당신들, 부끄럽지도 않아?"

두툼한 손을 보니 그는 검정 점퍼다.

"재래시장 앞에 주차장 만들어주겠다는 게 7년째다. 우리 손님들 빵 삼천 원짜리 사러 왔다가 딱지를 사만 원 떼고 갔어."

그들은 공약을 안 지키고 있다는 말을 두서없이 날리기 시작한다. 말은 거칠지만 무슨 말인지는 알 것 같다. 얼마나 지났나. 7인조는 던지기 자세를 취한다. 귀빈석에 앉아 있던 누군가가 바보 같은 얼굴로 소리친다.

"엎드려! 수류탄이다."

수류탄이라고? 강당 안에 있는 사람들 중 놀라지 않은 사람은 나뿐이다. 7인조들조차 수류탄이란 말에 혼비백산이다. 그나마 아버지가 사태를 가장 먼저 파악하고 동료들을 진정시킨다. 귀빈들은 머리를 두 손으로 감싸고 바닥에 낙지처럼 붙어 있다.

달밤의 던지기 연습은 무의미한 일이었나. 7인조는 돌발 상황에 목표가 어딘지 갈피를 못 잡다가 겨우 자세를 잡는다. 그들의 빵이 허공을 가른다.

날아라! 단팥빵. 날아라! 미트파이. 날아라! 마들렌과 킹크림.

빵들이 허공으로 날아올랐다가 귀빈석 뒤편 벽을 맞고 맥없이 떨어진다. 7인조는 구호를 외친다. 물러가라. 시정하라. 아버지의 목소리가 또렷하게 내 귀를 파고든다. 당신들은 잘못했다. 사과하라. 사과하라······.

경찰이 출동하는 바람에 7인조는 더는 던지기를 하지 못했다. 바닥에 납작하게 엎드린 귀빈들은 허리를 펴고 일어난다. 상황은 종료된 것이다. 몇몇 귀빈은 좀 더 드라마틱한 사건을 원했던 모양이다. 지루하고 따분하다는 표정이다. 이 사태를 가장 아쉬워한 사람들은 동네 상인들인 것 같다. 몇몇은 아쉬움을 넘어 격한 분노를 표출한다.

"아까운 빵 가져다 뭐 한 거여. 어찌 한 놈을 못 맞힌 거여. 저것들 바보 아니여. 특히 저 불란서 빵집 말여. 뭐 저런 멍충이가 다 있어. 남자가 빵을 꺼냈으면 대갈빡이라도 한 방은 맞혔어야 하는 거 아니여. 어이구! 답답한 인생들하고는."

나와 닮은 남자가 문을 나서기 전 뒤를 돌아본다. 눈이 마주친다. 나는 간절하게 묻는다. 당신은 빵집 사장도 아니면서 왜 거기 끼어 있나요? 나도 뭔가를 던져야 했어, 내 친구를 도와서. 친구의 일도 내 일이다. 불란서 빵집이나 호두가구나 다를 것도 없지. 아버지가 가구를 던질 수는 없잖니…….

지역 상인들과의 만남은 30분도 지나지 않아 끝났다. 몇몇 상인들은 왜 전화까지 걸어 이런 쓸데없는 자리에 장사하는 사람을 불러내느냐고 짜증을 냈다. 설문을 작성한 사람은 열 명이 안 됐다. 지역 신문 기자와 시청 담당자는 이야기를 나누면서도 말을 아끼고 있다는 인상을 준다. 나는 이 일이 기사화되지 않는다에 귀밑머리 200개를 아프게 걸겠다.

나는 담당자에게 다가가 설문지를 건넨다.

"이것밖에……."

"괜찮아요."

그는 대수롭지 않다는 듯 설문지를 받아서 옆구리에 낀다. 시장을 비롯한 그들만의 귀빈들이 복도로 나오자 담당자의 행동이 빨라진다.

행사 보조 요원들은 미트파이, 마들렌, 푸딩, 킹크림, 도넛, 바나나 머핀이 범벅이 된 벽과 바닥을 닦아야 한다. 엄마는 어떤 썩을 놈의 자식들이 이런 짓을 한 거냐며 걸레질을 하면서 연신 투덜거린다. 로라와 나는 썩을 놈의 자식들 중의 하나가 우리 아버지였다고는 이야기하지 않는다. 엄마는 일이 끝나면 A 마트에서 세제를 살 거라고 말한다. 신문 사이에 끼여온 전단지에서 원 플러스 원 행사를 봤다고 말한 후 빙그레 웃는다.

"엄만 뭐가 좋아?"

"너는 뭐가 나쁜데요?"

엄마가 눈을 깜빡거린다.

아버지는 케이크를 들고 집으로 돌아왔다. 엄마는 도대체 어디서 무얼 하다가 이제 들어왔느냐고 큰 소리를 치다가 오늘이 결혼기념일이라는 말에 잠시 멈칫한다. 아버지는 빵 사장님이 우리 가족에게 주는 특별한 선물이라며 케이크를 식탁 위에 조심스럽게 올린다. 케이크는 크고 화려했지만 맛이 없어 보인다.

결혼 25주년을 축하합니다.

로라는 또박또박 초콜릿으로 쓰인 글자를 읽는다. 생각해보니 엄마와 아버지는 참으로 오래도록 같이 산 것이다. 나는 남은 생도 함께하시기 바란다는 말을 입 밖으로 내려다가 너무 간지러워 꿀꺽 삼킨다.

"당신, 25년간 나와 함께해서 고마웠어. 그리고 정말 미안하오."

로라는 케이크를 입에 쑤셔넣으며 인상을 찌푸린다. 왜 저래? 로라와 나는 눈빛을 교환한다. 우리는 어울리지 않는 분위기를 견디는 데 취약한 체질이다.

"왜 이래요. 징그럽게."

엄마가 아버지를 흘겨본다.

"뭐가 징그러워."

"안 하던 짓 하니깐 그렇지."

어찌 된 일인지 엄마가 웃는다. 로라가 혀를 끌끌 찬 후 고개까지 가로젓는다.

"여보, 나 가구 다시 시작하려고 해. 이젠 물건 쌓아놓고 안 팔 거야. 주문 생산하는 방식으로 맞춤형 가구를 제작할 거야. 돈 벌어서 당신 고생 그만 시켜야지."

엄마가 갑자기 삼각자 모서리처럼 뾰족해진다.

"또? 당신, 또?"

"내가 할 수 있는 게 그거밖에 더 있나."

"그래, 다 좋아. 그런데 코딱지만 한 가게라도 차리려면 돈이 들 거 아니야. 그럴 돈이 당신한테 어딨어?"

아버지는 꼬깃꼬깃 접힌 종이 뭉치를 내보인다.

"정부에서 지원하는 창업 자금 받으려고. 그리고 모자라는 건……."

"모지리는 건?"

"저금리의 A 캐피털 돈을 빌려야지."

엄마 얼굴이 금세 우울해진다.

"여보, 캐피털에 저금리가 어딨어? 아, 또 빚이야. 또 마이너스야."

"이번 사업은 안전해. 인건비 나갈 것도 없고. 내가 직접 주문 가구를 만들 거니깐. 벌써 주문을 받았다니까. 식탁을 주문했어, 이 사람들이."

아버지는 바지 주머니에서 주문자 명단이라는 걸 꺼내 보인다.

"여섯이야. 내 식탁을 여섯 명이나 주문했다니깐. 가게 문도 아직 안 열었는데, 여섯이나 나한테 물건을 주문했어."

나는 포크를 입에 문 채 명단을 살핀다. 하마터면 포크를 삼킬 뻔했다. 주문자들은 달밤에 공터에서 먹을 걸 가지고 장난을 치던 일당이다.

엄마는 길게 한숨을 내쉰다.

"어쨌든 빚을 지는 거잖아."

아버지가 풀이 죽은 엄마를 말없이 바라본다.

"당신, 이번엔 잘할 수 있겠어요?"

"당연하지! 호두가구 명성을 되찾아야지. 가게 문을 열면 이 식탁부터 바꿔야겠어. 세상에서 가장 튼튼한 식탁을 만들어야지."

로라가 포크로 케이크를 푹 찍었다가 도로 내려놓는다.

"아빠, 소파도요. 내려앉을 것 같아요."

"맞다. 식탁 다음에 소파를 만들게. 호두처럼 단단하게."

로라 얼굴에 약간의 웃음이 번진다. 내 얼굴은 어떤가. 거울에 비친 내 얼굴은 구정물이 따로 없다.

오랜만에 우리 가족에게 평화가 찾아왔다. 얼마 만의 평화인가. 그런데 나는 모처럼의 화목을 깨뜨려야 하나, 말아야 하나

고민한다. 아버지가 증오하는 홈쇼핑 회사, 엄마를 해고시킨 A 마트, 버몬트 씨를 슬프게 한 R 컬렉션, 로라에게 내용증명을 보낸 백화점과 애드밸리에 산재한 편의점의 대주주가 A 캐피털인 것을 말이다. 아버지가 우리 가족의 새 희망이 되어주리라고 믿어 의심치 않는 A 캐피털의 촘촘한 거미줄에서 우리는 벗어날 수 없는 것인가.

가족의 평화와 화목은 허술하기 짝이 없다. 내일이 되면, 아니 모레가 되면 천천히 무너질 것인가. 그런데 지금 엄마와 로라가 웃는다. 희망을 거는 눈치이다. 그 모습을 보고 아버지가 웃는다. 나는 결혼 25주년을 축하합니다, 라는 글자가 손상되지 않게 케이크 가장자리를 포크로 조금 떠서 먹는다.

난데없이 헤헤거려본다. 오늘만은 그 누구도 이 평화를 깰 자격이 없다.

농담처럼, 그렇게 슬픔은 웃음이 되고

전성욱(문학평론가)

고은규의 소설은 우습지만 슬프다. 기막히게 우스운 일들은 결국 그렇게 사람을 슬프게 한다. 그러나 우리는 때때로 어떤 비탄스런 일들에 대하여 '웃지 못할 일'이라고 쉽게 말해버리곤 하지 않는가. 그것은 분명 부주의한 일이다. 그럼에도 슬픔을 대하는 우리의 태도는 대체로 너무 진지하기만 하다. 비탄 앞에서 웃을 수 있는 사람은 그저 가벼운 사람으로 취급받기 마련이니까. 진중함을 무너뜨리는 웃음은 우아함을 아는 고상한 사람들로부터 경박하고 열등한 것으로 여겨진다. 이른바 예술의 순정함과 고상함에 이끌리는 주류적인 흐름은 진지함에 반하는 속된 경거망동에 의혹의 눈길을 보낸다. 그러니 이런 풍토 속에서 해학이란 얼마나 낯선 어휘란 말인가. 그래서인지 요사이의 이른바 각광을 얻었다는 소설들에서는 특유의 쿨cool함, 그러니까 건조하고 냉담한 어조의 문체들이 깊은 인상을 남긴다. 아마도 그것이 이 웃지 못할 세상을 대하는 이 시대의 어떤 유력한 감수성이리라. 그런 냉소의 감수성이 문학적으로 깊어질 때 소설은 그 주제보다도 글쓰기라는 행위 자체에 대한 도발로 치열하다. 물론 그 서사의 내용들마저도 파국의 상상력으로 치밀하지만, 무엇보다도 그 참신한 이야기들은 세상에 대한 냉담을 소설의 나태한 인습에 대한 격렬한 반항으로 표출한다.

사정이 이렇다보니 라블레적인 웃음과 능글능글한 해학으로 이 요상한 세상에 응대하는 소설들은 점점 희귀해져가고 있다. 비극이 존귀한 자들의 숭고한 운명과 관계된 것이라면 희극은 비천한 사람들의 절박한 생활과 밀착되어 있다고 할 수 있으리라. 웃음은 사실 고통스러운 현실에 대한 가장 진중한 도전이다. 웃음은 존귀한 것들의 허망함을 폭로함으로써 그 완고한 정체를 뒤흔들고, 도발적인 조롱으로써 강력한 힘의 근엄한 권위를 훼손시킨다. 또 한편으로 웃음은 깜깜한 밤길을 홀로 걷는 사람의 목청 높은 노래처럼 두려운 상황 앞에 놓인 나약한 사람들의 절박한 허세이기도 하다. 그래서 웃음은 당당하면서도 또한 애절

하다. 웃음의 그 역설이야말로 이 땅에서 성했던 민중적 이야기의 유장한 형식이기도 하였다. 다시 말해 웃음이란 역시 몸으로 일하는 사람들의 감각으로부터 발효된 무서운 힘이라는 것이다.

나는 한 지면의 대담에서 이 작가에게 내 생각을 이처럼 드러낸 바 있다. "세계의 음울함에 대한 비판적 인식과 그것을 희화화된 형태로 표현하는 발랄한 감수성. 인식과 표현의 이런 선명한 대비는 소설의 아이러니를 발생시킵니다. 저는 그 '아이러니'가 바로 고은규 작가의 글쓰기에 내재한 어떤 매력이라고 생각합니다." 사실이 그렇다. 이 작가의 소설들에는 거의 언제나 비참하거나 비극적인 상황에 응대하는 특유의 유머가 담겨 있다. 그리고 대개 그 유머는 우습지 않았으며 차라리 슬펐다. 폭력과 죽음의 기억 속에서 근원적인 내상을 앓고 있는 두 남녀가 일종의 유모차(삶)이자 관(죽음)이라고 할 수 있는 자동차의 트렁크에서 살아가는 이야기 『트렁커』(2010)가 그랬다. 고독사를 처리해주는 회사를 차리게 된 한 여자의 이야기 『데스케어 주식회사』(2012) 역시 죽음이라는 무거운 소재를 농담처럼 활달하게 풀어냈다. 그들은 모두 고통스런 과거의 시간에 구속되어 있지만 결코 그 과거에 사로잡혀 현재의 삶을 탕진하지 않는다. 그들은 사랑의 인연에 충실하고 무엇보다 삶을 유쾌하게 끌어안는다는 점에서 견실하고 또 건강하다.

「반품왕」, 「보라보라 스포츠센터」, 「버몬트 씨 옷 벗기기」, 「애드밸리」, 「빵을 던져라」. 이 다섯 개의 이야기는 일종의 연작으로 연합한 하나의 장편소설이다. 휴먼마케팅학과 학생인 스물두 살의 로민과 대학을 다니면서 '세일즈 프로모션'의 리뷰왕으로 활약했던 스물한 살의 로라는 남매다. 다섯 개의 이야기는 로민과 로라 이 두 남매의 시점을 순차적으로 교차한다. 그리고 그 시점의 어긋남 속에서 관찰되는 것은 바로 이들 가족이 처한 어떤 역설과 아이러니다. 낭낭하고 알뜰한 소비자였던 엄마는 어려워진 가정 형편으로 대형 마트의 종업원이 되고, 가구 공장을 운영하는 아버지는 반품된 물건들을 처리하지 못해 쩔쩔매면서 돌아올 어음을 걱정한다. 쉽게 말하자면, 이 가족은 지금 이 시대의 병리적인 징후를 응축한 일종의 증상이다.

이 가족이 봉착한 난제는 사랑과 집착, 인정과 적대 따위의 형이상학적 문제가 아니라 아파트 관리비를 내지 못해 단수가 될지도 모른다는 절박한 생활상의 곤란이다. 그러므로 그들의 실존적인 문제 상황이란 생활이라는 유물론이다. 무엇보다 가정 경제의 파탄은 집을 담보로 사업을 하고 있는 아버지의 무능에서 비롯하는 면이 크다. 호두처럼 단단한 가구를 만들겠다는 아버지의 순진한 마음은 제조와 판매의 역학 사이에서 언제나 시대착오적일 따름이다. 제품의 내구성에 집착하는 아버지는 홈쇼핑에서 원 플러스 원 행사로 마케팅을 하는 경쟁사에 밀려 반품된 물건들을 처리해야 하는 것이 일이 되어버렸다. 고객들의 환불 요구를 들어주어야 하고, 직원들의 체불된 임금을 지급해야 하며, 돌아올 어음을 막아야 하는 아버지의 고단한 상황 앞에서 하는 최 부장의 말은 그저 매가리 없는 독백일 뿐이다. "물건이 너무 흔한 시절이 돼버렸어. 물건을 함부로 취급하는 시절이 온 거야." 그러므로 로민의 시선에서 아버지는 '부서진 호두 껍데기'나 다름없다. 아버지는 미수금도 돌려받지 못해 끝내 폐업을 했고, 가족들 몰래 시간제 아르바이트로 인간 광고판 일을 하는 처지가 되었다. 살벌한 경쟁 사회에서 아버지들의 몰락이란 이미 오랜 내력을 갖는 이야기다. 그래서 이른바 소비자본주의의 살풍경에 초점을 맞추어 이 소설을 읽는다면 어떤 진부함과 마주하게 될 것이다. 그러나 소설은 사회과학의 보충이 아니므로 우리는 당연히 자본주의에 대한 분석적 시각 대신에 이 소설에서 윤리적이며 미학적인 태도를 탐문해야 한다.

제조와 판매가 어긋나는 가운데 반품되어 돌아온 물건들의 역습으로 아버지의 공장은 파산했다. 앞서 이 작가의 글쓰기에 내재한 심층의 원리로 '아이러니'를 거론했거니와, 반품의 역습과 파산은 생산자와 소비자의 결렬 속에서 아버지와 로라의 역설적인 입지를 부각시킨다. 다시 말해 '세일즈 프로모션'의 리뷰왕 로라는 결국 복잡한 마케팅의 회로 속에서 판촉의 도구에 지나지 않았으며, 그 실체는 다만 체리피커이고 블랙 컨슈머에 불과했다. 그러니까 생산자인 아버지가 마케팅의 논리 때문에 반품의 역습을 당했던 것처럼, 소비자인 로라 역시 반품을 거듭하다가 그 마케팅의 논리 때문에 소비자보호법의 역습을 받고 추락했다. 세품의 건고함에 사업의 성패를 거는 아버지의 순진함이나, 블로그를 매개로 타인의 소비 욕망을 자기화해 전시했던 로라의 영악함은 뫼비우스의 띠처럼 어긋나 있으면서도 그렇게 이어져 있었다. 부녀가 그렇게 농락당하는 동안, 그러니까 영세한 '생산'과 영악한 '소비'가 파국에 이르는 동안, 사악한 '유통'은 그 사이에서 탐욕스레 이익을 챙기고 있었다.

특히 자본의 축적 논리가 로라의 심신에 가한 폭력은 심각하다. 로라는 타인들의 소비 욕망을 부추기기 위해 그들의 욕망을 내면화했고, 그렇게 내면화된 자기의 욕망을 사용 후기와 동영상으로 시각화해서 타인들에게 다시 돌려주었다. "로라는 사람들에게 무엇인가를 보여주려고 부단히 노력했다." 일종의 노

출증이라고도 할 수 있는 그런 집착과 함께 로라는 신경증적인 증상으로 다이어트에 몰입했다. "나는 로라가 신경증을 앓고 있는 줄 알았다. 밤마다 옷을 갈아입고 진한 화장을 하고 높은 목소리로 제품에 대해 떠들어대다가 돌연 키르륵 소리를 내며 웃었다. 꼭 혼을 도둑맞은 사람 같았다. 로라는 더 마른 몸을 갖고 싶다며 닭의 가슴살만 먹었고, 그것들을 냉장고에 꽉꽉 채워두었다." 그 대가로 로라에게 주어지는 것은 현금으로 교환 가능한 마일리지, 명절 때 보내오는 갈비 세트와 몇 장의 수표, 그리고 파워 리뷰어로서의 인기 따위였다. 쉽게 말하자면, 로라는 타인의 인정을 받기 위해 자기 몸을 변형시켜야 할 만큼 외롭고 결핍된 인물이다. 그런 결핍이 로라를 도착적인 페티시즘으로 몰아갔을 것이며, 신경증적인 증상에 더해 폭력적인 발작을 부추겼을 것이다. "그러고 보니 리뷰를 쓰기 시작하면서 로라는 부쩍 포악해졌다. 아무 때나 나한테 발길질을 하고 머리카락을 움켜잡았다. 로라 입에서 욕이 끓었다."

부녀의 어긋남은 또 다른 형태의 어긋남으로 반복되기도 한다. 얼마 전까지만 해도 엄마는 사은품에 예민한 손님이었고, 불친절한 직원을 고객만족센터에 신고하는 당당한 소비자였다. 그러나 이제 엄마는 반대로 그 마트의 종업원이 되어 누군가의 항의를 받는 입장이 되었다. 이런 전도 내지 전략은 이 소설이 시대를 증언하는 한 방식이다. 한때의 리뷰왕, 아니 반품왕이었던 로라도 이제는 다른 알바보다 시급이 많다는 이유로 보라보라 스포츠센터의 '수질 관리 요원' 자리에 연연하는 입장이 되었다. 카드 대금과 학자금 대출이자를 갚기 위해서 로라는 참고 일해야만 한다. 보라보라에서는 종업원이지만 그런 로라도 후크가 고장난 브라를 판매한 마트에서는 따질 자격이 있는 소비자다. 이 자본의 시대에 보라와 브라, 종업원과 소비자는 언제나 그렇게 자리를 바꾸어가면서 사람의 정체를 뒤흔든다. 항의하고 때로는 항의당하면서, 당당한 소비자는 그렇게 다시 생업의 자리에서 굽실거리는 종업원으로 변신한다. 역시 그 와중에도 대망 스포츠센터는 보라보라 스포츠센터로 이름을 바꾸고, 보라보라는 그 주인마저도 바뀐다. 그러는 사이 일하던 사람들은 일자리를 잃고, 어떤 고객은 다시 그 자리를 메우는 종업원이 될 것이다. 물론 이런 마법 같은 전도의 회전 속에서도 부는 끊임없이 생산될 것이며 누군가는 그 부를 독점할 것이 분명하다. "왜 이곳은 누군가에게는 낙원이면서 누군가에게는 지옥이 되어야 하는 거지?"

로민은 어느새 나이를 한 살 더 먹었다. "내 나이 스물세 살,

전 재산 9,820원. 어제 현금 인출기 앞에서 180원 때문에 절망했다. 이런 나에게 손해배상을 청구하겠다는 R 컬렉션이 원망스럽다." 로민은 지질한 루저의 전형처럼 보이지만, 그래도 그는 작가의 애정이 가장 진솔하게 느껴지는 인물이다. 로민은 남루한 옷차림으로 추위에 떠는 걸인 노숙자 버몬트 씨에게 알바로 일하면서 소각시켜야 했을 R 컬렉션의 얼룩무늬 외투를 입혀주었다가 시비에 휘말리게 된다. 패션 회사 'R 컬렉션'은 '보라보라 스포츠센터'와 마찬가지로 착취하고 축적하는 자본의 상징이다. R 컬렉션의 R은 Revolution의 약자다. 그야말로 이 회사의 경영이나 판매 전략은 혁명의 대상이 되어야 할 만큼 고약하다. 어쨌든 혁명마저도 코스프레하는 자본의 그 기민함이란 얼마나 놀라운가. 고가 정책을 고수하기 위해 그들은 다품종을 소량으로 생산한 다음, 팔다 남은 상품들이나 메인 윈도에 걸렸던 상품들도 가차 없이 소각시켜버린다. 로민이 버몬트 씨에게 입혀준 그 우스꽝스러운 옷도 그렇게 소각시켜야 했을 물건이다. R 컬렉션은 물건(사용가치)을 폐기하면서 가격(교환가치)을 부풀리는 방식으로 이익을 축적했다. 그 옷들은 전혀 실용성이 없어 보이지만 상품에 덧씌워진 물신의 환각이 사람들을 R 컬렉션의 상품에 열광하게 만든다. 그러나 그런 고가의 옷이 불티나게 팔려나가도 그것을 만드는 노동자들의 사정은 열악하기만 하다. "지하에는 물류 창고 말고도 디자이너와 어시스턴트 들의 작업장이 있었다. 그들은 산업혁명 당시의 노동자처럼 무표정하고 피로한 얼굴로 늘 작업대에 붙어서 재단을 하고 재봉틀을 돌렸다. 자고 먹고 화장실 가는 것 빼고 죽도록 일만 하는 것 같았다." 게다가 가격 관리를 위해 R 컬렉션은 멀쩡한 상품들을 소각시켰고, 또 그만큼 자원을 탕진하고 자연을 오염시켰다. 아마도 이런 사악함을 '소외(alienation)'라는 개념으로 접근할 수도 있겠지만, 그 생경한 마르크스주의적 용어가 이 악덕의 본질을 다 표현할 수는 없을 것이다. 로민과 로라는 이런 곳에서 하루 일곱 시간씩의 아르바이트를 하게 되었던 것이고, 바로 여기서 로민은 "물건에 대해 반감"을 느끼게 된다. 그 각성에 이르는 로민의 여정은 이 소설을 일종의 성장 서사로 읽을 수 있게 만든다.

태워버리더라도 추위에 떠는 걸인에게 외투를 입혀서는 안 된다는 역설. 문명이 상처 낸 자연의 아픔. 버몬트는 바로 그 모순과 아픔을 상징적으로 집약하고 있는 이름이다. "어느 한 시절, 반자본적이며 조화로운 삶이 무엇인지 생각하던 사람들이 살았단다. 그들은 소유와 축적의 삶보다 희망과 노력의 삶을 가꾸려 했지. 그들이 첫 번째로 그 꿈을 펼친 곳이 버몬트의 작은 마을이었다." 그러나 버몬트 씨는 결국 옷을 빼앗기고 만다. 걸인의 옷을 빼앗는 무자비함은 윤리를 압도하는 자본의 셈법이다. 이런 세상에서 사람들은 그들의 이익을 위해 동원되는 도구일 따름이다. "실체를 알 수 없는 프로그램에 의해 내 운명의 레벨이 정해진 것 같다." 우리는 모두 그렇게 빠르게 회전하도록 설계된 거대한 트레드밀 위의 존재들이다.

한때의 리뷰왕 로라는 스포츠센터의 수질 관리 요원으로, R 컬렉션의 시간제 알바로, 또 애드밸리의 중심에 있는 편의점 알바로 전전한다. 언뜻 변신하고 있는 것처럼 보이지만 변화하는 것은 아무것도 없다. 신도시의 중심 상가 애드밸리는 역시 R 컬렉션이며 보라보라 스포츠센터다. 로라가 변신을 거듭하듯 그역시 모습을 수시로 바꾸지만 사실 우아함을 가장한 착취자의 정체란 거의 엇비슷하고 별로 다를 것이 없다. 어디서든 사람들은 트레드밀 위의 존재처럼 주어진 속도에 적응하거나 지쳐 쓰러지게 될 것이다. 하지만 우리의 로라는 더 나은 시급을 찾아 이리저리 전전하면서도 결코 쓰러지지 않으며 끈질기게 버틴다. 대신에 로라의 가냘팠던 몸은 날이 갈수록 비대해져간다. "호두 가구가 망하고 집안이 어려워질수록 체지방이 쌓였다. 경제적 어려움과 체지방의 증가는 분명히 비례 관계가 있다. 뿐만 아니라 경제적 어려움과 고독감도 비례 관계가 있다. 빌어먹을 비례식이다. 나는 자주 허기졌다. 그 때문이다. 언젠가부터 폭식하는 습관이 생겼다. 폭식 후에는 더 큰 고독감이 밀려왔지만 당장의 고독 앞에서 무릎을 꿇을 수밖에 없었다." 트레드밀의 속도가 빨라질수록 비만해지는 역설, 이 역설 속에서 사는 이들의 삶은 우습지만 슬프다.

엄마는 결국 마트에서 해고되었고, 로민도 R 컬렉션에서 해고되었다. 쉽게 해고당하는 만큼 그들은 또 쉽게 일자리를 얻을 것이다. 그러나 그 노동의 질이란 사람의 자존감을 지키기 어려운 허드렛일이고, 그 대우는 언제나 각박하고 야박할 따름이다. 로민과 엄마는 '리플릿 컴퍼니'에 고용되어 애드밸리에서 전단지 돌리는 일을 시작한다. 그러나 애드밸리의 편의점에서 일하는 로라에게 가장 큰 골칫거리는, 쉼 없이 편의점 앞을 가득 채우는 전단지들을 치우는 일이다. 여기서도 이 가족의 그 유별난 어긋남을 다시 만나게 된다. "그럼 엄마랑 너는 전단지를 마구 뿌리는 거네. 누구는 뿌리고 누구는 치우고. 야, 잘한다." 게다가 아버지마저. 그렇게 이 가족은 온 식구들이 시간제 아르바이트로 강행군이다.

호객을 위한 애드밸리의 전단지들은 가격의 거품을 만들기 위해 제품을 쓰레기처럼 소각시켰던 R 컬렉션과 마찬가지로 세상을 오염시킨다. 그 공격적인 전단지 살포에도 불구하고 상가의 업주들은 대체로 빠듯할 것이고, 전단지를 돌리는 사람들의 생활도 팍팍하기는 마찬가지일 것이다. 이 와중에 리플릿 컴퍼니만 날마다 호황이다.

　지금까지 거의 존재감이 없던 아버지는 애드밸리의 인간 광고판으로 돌아온다. 그는 결국 폐업을 하고 미수금도 해결하지 못한 채 집으로 돌아와 주눅이 든 모습으로 그 지질한 존재감을 드러낸다. 엄마는 밀린 관리비를 해결하기 위해 시에서 주최한 지역 상인들과의 만남에 온 가족을 이끌고 행사 보조 요원으로 일할 만큼 실질적인 가장이다. "우리는 총체적 난국에 직면해 있다. 우리는 이 위기를 다 함께 이겨내야 한다." 엄마는 결전을 앞둔 장수처럼 로민과 로라 앞에서 비장한 모습을 보인다. 한심해 보이지만 아버지도 나름은 가정경제의 파국에서 벗어날 궁리로 고뇌가 깊다. 그러나 여기서도 이 가족들의 어긋난 행보는 어김이 없다. 아버지는 소규모 점포를 운영하는 친구들과 함께 가족들이 행사 보조 요원으로 일하고 있는 '지역 상인들과의 만남' 자리에 나타나 국회의원과 시장이 앉아 있는 연단에 빵을 던지는 거사를 감행한다. 엄마는 이 거사의 주인공이 남편이라는 것을 전혀 눈치채지 못한다. 그날의 일당으로 소비자의 지위를 되찾은 것에 만족해하는 엄마의 모습이 그저 우습지만 또한 슬프다. "엄마는 어떤 썩을 놈의 자식들이 이런 짓을 한 거냐며 걸레질을 하면서 연신 투덜거린다. 로라와 나는 썩을 놈의 자식들 중의 하나가 우리 아버지였다고는 이야기하지 않는다. 엄마는 일이 끝나면 A 마트에서 세제를 살 거라고 말한다. 신문 사이에 끼여온 전단지에서 원 플러스 원 행사를 봤다고 말한 후 빙그레 웃는다." 아버지의 엉뚱함과 순진함, 그리고 엄마의 억척스러움. 어떻든 이들은 살려고 발버둥치고 있다는 점에서는 매한가지다. 일가족이 모두 시간제 알바로 연명하는 삶이 좀 과장된 이야기 처럼 보일지도 모른다. 그러나 그런 삶은 결코 지나치다고 할 수 없는 우리의 현실이기도 하다.

예의 그 빵 투척 사건의 당일은 결혼 25주년을 맞은 날이었다. 기념 케이크를 들고 돌아온 아버지는 가족들 앞에서 저금리의 캐피털 돈을 빌려서 다시 사업을 시작하겠다는 뜻을 내비친다. "여보, 캐피털에 저금리가 어딨어? 아, 또 빚이야. 또 마이너스야." 저금리의 캐피털이라는 역설 앞에서 가족들은 또다시 희망을 걸어본다. 그러나 이 가족 중에서 그래도 분별력이 있는 로민의 분석만이 홀로 예리하다. "아버지가 증오하는 홈쇼핑 회사, 엄마를 해고시킨 A 마트, 버몬트 씨를 슬프게 한 R 컬렉션, 로라에게 내용증명을 보낸 백화점과 애드밸리에 산재한 편의점의 대주주가 A 캐피털인 것을 말이다. 아버지가 우리 가족의 새 희망이 되어주리라고 믿어 의심치 않는 A 캐피털의 이 촘촘한 거미줄에서 우리는 벗어날 수 없는 것인가." 절망으로 되돌아올 희망 앞에서 그래도 살아내야 한다는 것, 이 가족이 처한 이런 역설은 또 얼마나 우습고도 슬픈가.

시점을 교차하면서 풀어낸 이 가족의 어긋난 행보는 결국 늘 내쫓기고 새로 시작하는 순환적 반복을 벗어나지 못한다. 영악하거나(로라) 순수하거나(로민) 억척스럽거나(엄마) 순진무구한(아버지) 이 가족에게 그 반복회귀의 삶이란 도저히 벗어날 수 없는 이 세계의 어떤 질곡이다. 그럼에도 다시 시작할 수밖에 없다는 것, 그것이 우리 모두의 삶이며, 이 비극 속에서도 웃음을 잃지 말아야 한다는 것, 그것이 또한 우리가 이 무참한 시대를 살아내는 하나의 방법인가.

가족의 평화와 화목은 허술하기 짝이 없다. 내일이 되면, 아니 모레가 되면 천천히 무너질 것인가. 그런데 지금, 엄마와 로라가 웃는다. 희망을 거는 눈치이다. 그 모습을 보고 아버지가 웃는다. 나는 결혼 25주년을 축하합니다, 라는 글자가 손상되지 않게 케이크 가장자리를 포크로 조금 떠서 먹는다.

난데없이 헤헤거려본다. 오늘만은 그 누구도 이 평화를 깰 자격이 없다.

소설은 이렇게 맥없는 희망으로 절망을 봉합하지만 저 잠깐의 평화는 이내 또 절망의 반복회귀로 산산이 부서질 것이다. 이 소설은 시종일관 어긋남의 아이러니로 비극적인 세계를 농담처럼 발설한다. 교차와 반복으로 표현되는 그 어긋남은 치밀하게 계산된 것이며, 따라서 서사의 가공이 대단히 정교하게 느껴진다. 그러나 서사의 그 정밀한 계략이 정합적인 구조로 정립할 때 현상하는 이야기는 부조리한 현실을 그 정합적인 구조의 틀 속에서 추상화시킬 수 있다. 그러므로 의식의 세계에 균열을 내는 것이 '농담의 무의식'에 잠복한 힘이라면, 의식을 뛰어넘는 무의지의 우연한 흐름에 인물과 사건 들을 내버려두어도 좋으리라. 이것은 어디까지나 욕심을 내서 하는 말이다.

작가의 말

어느 해부터인가 잠에서 깨어나면 내가 모르는 지난밤을 상상하게 된다. 지난밤, 어느 지점에서 나는 깨어나 천천히 외투를 걸치고 밖으로 나간 것 같다. 빠르지 않은 걸음으로 밤 속을 헤매다가 이만하면 됐다 싶을 때 집으로 돌아온 것 같다. 집으로 돌아오면 얌전히 침대에 몸을 눕혔던 것 같다. 그러나 언제나 그렇듯 아침이 되면 아무것도 기억하지 못했다.

어느 날인가는 잠에서 깨어나자마자 지난밤 많이 울었다고 생각했다. 물소리 같은 흐느낌이 몸에 남아 있었다. 그리고 작은 아이일 때를 떠올렸다. 아이는 돌계단에 앉아 가파른 계단 아래를 내려다보았다. 계단 밑의 세계는 신촌 로터리였다. 거리는 네온사인으로 조금씩 붉어지고 있었다. 밤은 검었고 아이는 붉었다. 아이는 혼자였고 가족들은 아무도 돌아오지 않았다. 이것은 내가 겪은 일인지 어떠한 이미지들의 연결인지 모르겠다.

나에게 소설 쓰기는 이렇게 내가 모르거나 잊었던 지난밤의 이미지를 추적하는 일과 같았다. 내가 겪은 것 같은, 아니 겪었던 일들을 가까스로 떠올리는 일.

2008년부터 쓰기 시작해 7년이 지난 2015년 봄에 이 이야기를 세상에 내보낸다. 7년이란 시간 동안 나는 몇 개의 단편을 썼고 장편을 두 편 출간했다. 글 쓰는 일 이외에도 꿍늘여야 하는 일로 시간을 보내야 해서 미처 마무리하지 못한 글을 생각하면 마음이 무거웠다. 해가 거듭될수록 소설 속 이야기보다 현실이 더 끔찍했기 때문에 쓰고 지우고를 반복하다가 글을 버릴까도 생각했다. 그래서일까. 이 소설은 작가에게 더 애틋하고 애정이 느껴지는 게 사실이다.

작가정신 관계자분들께 깊은 감사의 마음을 전한다.

2015년 2월
고은규

알바 패밀리

ⓒ 고은규, 2015

초판 1쇄 2015년 3월 5일
초판 2쇄 2015년 5월 15일
지은이 고은규 | 펴낸이 박진숙 | 펴낸곳 작가정신
편집 김서연 김나리 | 디자인 홍경민
마케팅 김미숙 박성신 | 디지털컨텐츠 김영란 | 관리 윤서현

주소 413-756 경기도 파주시 문발로 207
전화 031-955-6230 | 팩스 031-944-2858 | 이메일 editor@jakka.co.kr
홈페이지 www.jakka.co.kr | 출판등록 1987년 11월 14일 제1-537호

ISBN 978-89-7288-568-9 03810

이 도서의 국립중앙도서관 출판시도서목록(CIP)은 서지정보유통지원시스템 홈페이지(http://seoji.nl.go.kr)
와 국가자료공동목록시스템(http://www.nl.go.kr/kolisnet)에서 이용하실 수 있습니다.
(CIP제어번호 : CIP2015004463)